BESTSELLER

José Agustín nació en Acapulco en 1944. Poco menos de dos décadas más tarde comenzó a publicar, colocándose a la vanguardia de su generación. Fue miembro del taller literario de Juan José Arreola, quien le publicó su primera novela, *La tumba*, en 1964. Ha sido becario del Centro Mexicano de Escritores y de las fundaciones Fulbright y Guggenheim. Ha escrito teatro y guión cinematográfico, ámbito en el que dirigió diversos proyectos. Entre sus obras destacan *De perfil* (1966), *Inventando que sueño* (1968), *Se está haciendo tarde (final en laguna)* (1973, premio Dos Océanos del Festival de Biarritz, Francia), *El rey se acerca a su templo* (1976), *Ciudades desiertas* (1984, premio de Narrativa Colima), *Cerca del fuego* (1986), *El rock de la cárcel* (1986), *No hay censura* (1988), *La miel derramada* (1992), *La panza del Tepozteco* (1993), *Dos horas de sol* (1994), *La contracultura en México* (1996), *Vuelo sobre las profundidades* (2008), *Cuentos completos* (2001), *Los grandes discos del rock* (2001), *Vida con mi viuda* (2004, premio Mazatlán de Literatura), *Armablanca* (2006). En 2010 publicó *Diario de brigadista* (Lumen) que recoge sus andanzas como alfabetizador en Cuba en 1960. Ha publicado ensayo y crónica histórica, destacando los tres volúmenes de *Tragicomedia mexicana* (1990, 1992, 1998), publicados bajo el sello Debolsillo en 2013. En 2011 la Asamblea Legislativa del D.F. le otorgó la Medalla al Mérito en las Artes por su trayectoria literaria y mereció, junto con Daniel Sada, el Premio Nacional de Ciencias y Artes el mismo año.

JOSÉ AGUSTÍN

Ciudades desiertas
(Me estás matando, Susana)

DEBOLS!LLO

Ciudades desiertas
(Me estás matando, Susana)

Tercera edición: agosto, 2016

D. R. © 1982, 1986, José Agustín

D. R. © 2016, derechos de edición mundiales en lengua castellana:
Penguin Random House Grupo Editorial, S. A. de C. V.
Blvd. Miguel de Cervantes Saavedra núm. 301, 1er piso,
colonia Granada, delegación Miguel Hidalgo, C. P. 11520,
Ciudad de México

www.megustaleer.com.mx

ISBN: 978-607-314-492-6

Impreso en México – *Printed in Mexico*

El papel utilizado para la impresión de este libro ha sido fabricado a partir de madera procedente
de bosques y plantaciones gestionadas con los más altos estándares ambientales, garantizando
una explotación de los recursos sostenible con el medio ambiente y beneficiosa para las personas.

Penguin
Random House
Grupo Editorial

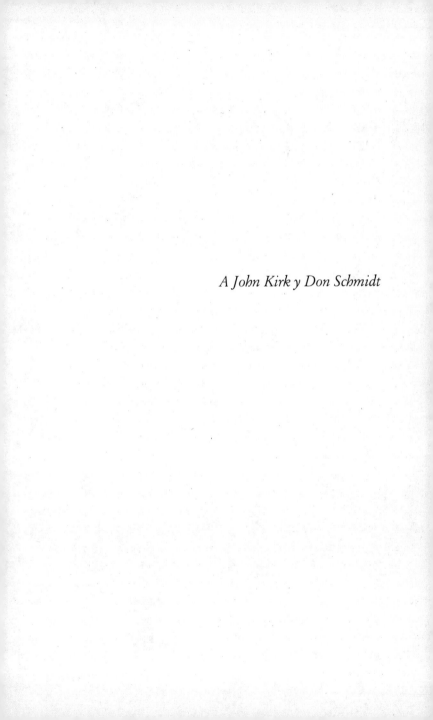

A John Kirk y Don Schmidt

En estas calles oscuras el sol es negro
regresan vivos los vientos.
En estas calles oscuras el frío es por dentro
y no hay refugio para el tiempo muerto.

JACK BRUCE Y PETER BROWN,
Ciudades desiertas del corazón.

Susana paseaba por Insurgentes cuando encontró a Gustavo Sainz, quien le preguntó si quería ir a un programa de escritores en Estados Unidos. Susana ni lo pensó; dijo que sí al instante. Sainz tenía prisa y le pidió que anotara un número de teléfono.

Susana regresó corriendo al departamento. Tenía ganas de contárselo a su marido. Pero cuando llegó, Eligio se había ido a una grabación de *La Hora Nacional*, que para él era caer en lo más bajo. Ya llegaría, a medianoche, derechito al refrigerador para, según él, limpiar con una cerveza los malos aires que lo impregnaban. Después la buscaría con los ojos brillantes. O peor aún: vendría con un grupo de amigos actores, cargados de cervezas, y se pondrían a beber y a platicar a gritos, haciéndose chistes elaboradísimos.

Lo debido era esperarlo. Y eso hizo, pero la situación no le gustaba: tenía la incómoda sensación de que algo no era como debía ser. Cuando oscureció Susana no se levantó a encender la luz, y de pronto supo con absoluta certeza que se iría sola a Estados Unidos y que no le diría nada a Eligio. Se descubrió llena de energía, con ganas de hacer cosas. Era una auténtica liberación. Quién sabe cómo se había ido cubriendo de veladuras finísimas, casi imperceptibles, que la fueron aislando de la realidad. Se había ido momificando. Bueno, no textualmente, pero le gustaba la idea de salir de capas y capas de vendajes. Puso la *Arpeggione,* que siempre la aligeraba.

Al día siguiente la secretaria del agregado cultural le detalló en qué consistía el proyecto: el Programa de Escritores de la Universidad de Arcadia cada año invitaba a destacados poetas, prosistas y dramaturgos de más de veinte países a que, durante cuatro meses, de agosto a diciembre, participaran en los eventos y actividades: sesiones de trabajo y un taller de traducción; el Departamento de Estado proporcionaba mil cuatrocientos dólares al mes y el Programa, la última mensualidad. Tendría alojamiento, mucho tiempo para escribir y, por si fuera poco, un cupón de diez kilos de exceso de equipaje para que regresara con libros.

Eligio no se dio cuenta de nada y a Susana se le fue borrando, se le iba con la uniformidad de un telefoto automático y pronto logró acomodarlo muy bien en un compartimiento interior. Susana, entonces, se dedicó a los preparativos: pasaporte, visa, boleto para viajar, vía American Airlines, a Chicago, y por Ozark Airlines a Little Rapids. En el mapa de la biblioteca Benjamín Franklin no aparecía la ciudad de Arcadia. Pidió otros y finalmente la descubrió: un puntito a cuarenta kilómetros de Little Rapids, que a su vez se hallaba relativamente cerca de Chicago.

Una mañana de agosto Susana se levantó muy temprano. Se bañó y eligió sin prisas qué ropa ponerse. Eligió el saco de piel y pantalones vaqueros. Por suerte, Eligio se había ido a ver a sus papás, en Chihuahua, así es que Susana estaba relativamente tranquila.

Todo salió bien en el aeropuerto y en el avión. En Chicago los de Migración la trataron fríos pero correctos y en la aduana prácticamente no revisaron su equipaje. La forma oficial que la presentaba como visitante internacional le facilitaba todo. Cambió de avión y llegó a Little Rapids una tarde soleada y calurosa.

Allí la esperaban Becky, una muchacha fría y locuaz, de grandes anteojos y cordialidad envuelta para regalo, y Elijah, un joven recién desempacado de la adolescencia, de cara redonda, gafas también y sonrisa inalterable, the clean-cut-kid-who's-been-to-college-too, diagnosticó Susana. LAS DECLARACIONES NO SON ASUNTO DE BROMA. Becky decidió que el letrero intrigaba a Susana y le explicó que después de numerosos secuestros de aviones las autoridades habían colocado esos aparatos para/ Sí, sí, eso ya lo sé, le tuvo que decir Susana. Bien, continuó Becky, mirándola fijamente, a cada viajero se le pregunta si no lleva armas de fuego y nunca faltan los bromistas, me temo que por lo general gente de *nuestro* programa, que dice que sí, y los agentes de seguridad se los llevan y los hacen pasar *un muy mal rato.*

Susana prefirió ignorar esas truculencias y gozar el aeropuerto, que no era impersonal como el de Chicago sino pequeño, con mucha madera, luces indirectas y atmósfera de película de Greta Garbo. Pero lo que en verdad le impresionó fue el campo. En una vieja camioneta avanzaron por una extensión plana con un horizonte casi horizontal, como en el mar. Nada de eso tenía que ver con México. Allí estaban las casitas copiadas de cuadros de Andrew Wyeth, edificios desfachatadamente simbólicos con su forma de obelisco blindado o falo mitificado, y Becky, quien claramente llevaba riendas férreas sobre Elijah, explicó que eran graneros, o sea: sitios para almacenar granos. *No me digas,* la interrumpió Susana, quien agregó: en México he visto unos graneros bien curiosos con forma de tienda india. Están abiertos al público, concluyó. Becky le pidió que tuviera cuidado: acababa de pronunciar la palabra *público* como si fuera *púbico,* y no queremos consentirnos esas cosas, ¿verdad?

De pronto, Susana se quedó pasmada cuando vio venir, en sentido contrario, una casa de madera con todo y porche, sótano y mosquiteros. La llevaba un tráiler chato que en segundos se volvió un manchón de rayas con todo y casa junto a ellos. Susana los vio desaparecer velozmente en la recta de la carretera: pronto sólo eran una mancha a lo lejos y la incómoda posibilidad de que todo hubiera sido una alucinación. Becky la veía de reojo y sonreía, sardónica.

Esas miradas oblicuas de Becky no le parecieron buen auspicio a Susana, pero su ánimo se despejó cuando entraron en la ciudad de Arcadia. Allí las colinas eran un alivio después de la planicie anterior. Había un río, ancho, apacible, de largas curvas, aguas chocolatosas y muchos sauces llorones. Junto al río un parque se abría en veredas con gente que paseaba, oía música y trotaba con ropa guanga y demás parafernalia joggerística.

Habían llegado al edificio Kitty Hawk, donde Susana viviría los siguientes meses. En realidad, pensó, era un inmenso alojamiento para estudiantes de mediana categoría. Vio, tras el lobby, grandes salones y un fragmento del cuarto de las máquinas: de refrescos, cafés, cigarros, dulces, botanas, periódicos, sólo faltaban, pensó que Eligio pensaría, las máquinas de frascos de alcohol y de cervezas, to beer or not to beer! Pero por ningún motivo quería pensar en Eligio, ¿verdad?

Elijah se perdió en los salones, que más parecían páramos alfombrados, y Becky, siempre con mucha prisa, recogió una llave de la administración y llevó a Susana al octavo piso, a un departamento minúsculo: una recamarita desnuda, con vista al río, eso sí, aunque las ventanas eran demasiado altas, ¿para que suicidarse costara algún trabajo? Susana juzgó que lo único decente allí, una verdadera monada, era una silla de director color naranja. Sin embargo, en ese momento un hombre enorme, velludo y casi albino recogió la famosa silla de director. Por un error habían dado ese cuarto al gigante albino, pero éste ya había acabado de mudarse. Era polaco y se llamaba Slawomir. Era tan distinto físicamente a todos los hombres que había conocido que al instante le resultó muy atractivo. Becky, con una sonrisa casi coqueta, pastoreó al polaco, quien se llevó su preciada silla.

Becky le explicó que tendría que compartir el baño y la cocina-desayunador con la escritora vecina. Abrió una puerta y, en efecto, ahí vieron a dos mujeres en una mesa plástica estilo cafetería. Joyce, una sudafricana bajita y rechoncha, cuarentona, encendía un cigarro con la colilla del anterior; Altagracia, una filipina joven, muy delgadita, se rio maliciosamente. Oye, no fumes *tanto*, dijo, aquí eso no les gusta. Becky se puso seria, pero no perdió la serenidad. Mira, Joyce, sentenció, no dejes que nadie te diga lo que tienes que hacer. Entonces tú tampoco le digas lo que tiene que hacer, intervino Altagracia. Es cierto que pocos de nosotros fumamos, continuó Becky, impertérrita, pero si tú quieres hazlo, es tu salud y tu dinero lo que está en juego. Altagracia, con una risita, encendió un cigarro.

Y Susana, al ver la situación, encendió otro, mirando con simpatía a las compañeras. Becky les dedicó una sonrisa paciente y dijo a Susana que, si quería, podía irse a descansar, o podía seguir conversando allí, pero les suplicaba que fueran al banco y a la compañía de teléfonos antes de que cerraran; de allí, inmediatamente se dirigirían a la casa de Rick y Wen, los directores del Programa. Habían regresado al cuarto de Susana cuando Elijah llegó, cargando una televisión. Como no encontró dónde ponerla, la dejó en el suelo. La conectó, la puso a trabajar y vio las imágenes con una amplia sonrisa. ¿Y eso?, preguntó Susana, fría. Es una *televisión*, dijo Becky. Claro, pero ¿qué hace aquí? El Programa proporciona aparatos televisores a todos los participantes. Pero yo no quiero una televisión, jamás he tenido una y no creo que me vaya a volver adicta nada más porque vine a Estados Unidos. De cualquier manera sugeriría que te quedaras con ella, quizá te sea útil en algún momento de hastío. No es necesario, insistió Susana, es mejor que se la lleven, no la quiero. En ese caso, respondió Becky yendo a la puerta, la dejaremos allí, y si no quieres verla simplemente no la enciendes y ya.

En el elevador, Becky presumía de que el Kitty Hawk tenía jacuzzi, sauna, alberca cubierta, vas a poder nadar cuando afuera esté nevando, ¿no es maravilloso? También había esquash, billar o ping pong, y pequeños cubículos donde leer o escribir si no quería hacerlo en el departamento. Muy *conveniente*, comentó Susana pensando aún que esa televisión se había quedado, ¡encendida!, en su cuarto. También había dos *bibliotecas*, una con revistas, de todo el mundo naturalmente, y otra con libros, bueno, no muchos, pero a la mano en caso de emergencia. ¿En caso de *emergencia*? El Kitty Hawk era legendario: no sólo se habían hospedado allí todos, o casi, los participantes del Programa, sino también las grandes superestrellas que daban charlas y conferencias, gente de la estatura de Saul Bellow, que ganó el premio Nobel y/ Sí, ya sé quién es Bellow, interrumpió Susana. Susana se llevaría sorpresas *más* que agradables, gente maravillosa con la que sería un privilegio conversar y muy *útil* conocer para obtener publicaciones o traducciones en el país, porque no queremos subestimar la potencialidad de un mercado como el de Estados Unidos, ¿verdad?

Recogieron al polaco Slawomir, quien las acompañaría. ¿A qué vamos a la compañía telefónica?, preguntó Susana. El Programa juzga conveniente, de hecho indispensable, que cada participante disponga de un aparato telefónico en su departamento. ¿Y no es conveniente también, incluso indispensable, consultar previamente a los participantes si quieren o no tener teléfono? *De ninguna manera*, todo mundo quiere un teléfono, hasta ese momento nadie se había quejado, se trataba de una medida funcional y adecuada. Naturalmente, dijo Susana, el Programa paga el servicio telefónico. Pues no: cada escritor tramitaba su propia línea y hacía sus pagos mensuales. Pero el servicio telefónico en Estados Unidos era magnífico y ese mismo día ella recibiría su aparato: sólo tendría que enchufarlo en la conexión ya existente en su departamento, ¡y listo! ¿Era igualmente eficiente el servicio telefónico en su país? *De ninguna manera*. El polaco parecía ausente a todo y sólo en ocasiones miraba a Susana cuando nuevamente circulaban en la camioneta entre casas que a Susana le hacían recordar la infinidad de películas estadunidenses que había visto en su vida. Las casas tenían pequeños prados sin bardas en el frente y una mínima cerca que dividía los terrenos, con su jardín en la parte trasera que allí denominaban traspatio; eran de madera, con porche, techo de dos aguas, sótano que se hacía presente a través de ventanitas al ras del piso, y mosquiteros en todas partes, aunque, después, Susana sólo alcanzó a ver algunos moscos que eran demasiado grandes, zancones, y sumamente estúpidos pues se les podía ahuyentar a soplidos.

Antes de entrar en el First National Bank de Arcadia, Becky les hizo entrega de dos sobres tamaño oficio con los primeros cheques, los cuales *no debían doblar por ningún motivo* pues así lo requería la computadora del banco. Un empleado los saludó, radiante, llamándolos, o intentándolo, por su nombre de pila. En su caso un botón decía DOGE-YES. ¿Qué es eso de Dogeyes?, preguntó Susana. El polaco se había despatarrado en un sillón y veía todo con desprecio. Es el nombre de nuestro equipo de futbol, explicó el empleado, no es uno de los mejores del país y por eso tratamos de apoyarlo todo lo que podemos. Sacó papeles, anotó datos, hizo viajes a las cajas, regresó con unas chequeras provisionales y les avisó que en una semana recibirían por correo sus chequeras personalizadas. ¿Personalizadas?, preguntó Susana. El polaco sólo gruñía, respondía lo indispensable y firmaba los papeles que le ponían enfrente. Quiere decir, replicó Becky con aire casual, que son cheques que tienen impreso tu nombre,

19

dirección y número telefónico. Muchos de los participantes nos han escrito que las chequeras han sido un recuerdo emotivo cuando regresan a sus patrias. ¡No es posible!, pensó Susana. Preguntó si era obligatorio abrir cuentas bancarias. Definitivamente, respondió Becky, es peligroso circular por las calles con dinero en efectivo. ¿Y es necesario abrir la cuenta precisamente en ese banco? De ninguna manera. ¿Por qué los había llevado allí, entonces? Porque el Programa siempre había recibido un servicio magnífico en el First National, pero si Susana lo juzgaba conveniente podía cambiar su cuenta a otro banco, aunque ella la alentaba a que no lo hiciera, ya que tener las cuentas de los participantes en el First National facilitaba la organización.

De la compañía telefónica enfilaron a la casa de los directores del Programa, muy cerca del Kitty Hawk. Susana descansó cuando dejó de ver de cerca la cara de Becky y pudo concentrarse, en cambio, en las de los compañeros que estaban allí. Todos habían llegado ese mismo día: cuatro chinos, una mujer y tres hombres; un poeta rumano, un bengalí, un ensayista de Sri Lanka y un poeta islandés. Becky llevó a todos a la terraza, espléndida con su vista al río y al parque de la ciudad. Hacía calor, y Elijah apareció con botellas de vino, latas de cerveza, café, refrescos, buenos trozos de queso, ostiones ahumados, cacahuates sazonados, semillas de girasol, nueces de la India y pistaches.

Los escritores no hablaban entre sí, sopesaban a los demás y procuraban adoptar poses interesantes, importantes: deambulaban en torno a la mesa de madera para tomar, como quien no quería la cosa, trozos de queso y puñados de cacahuates. Por último llegó Wen, la directora del Programa, una china delgada y de mirada inteligente. Se acomodó en una pequeña silla de madera y les dedicó un discursito. El Programa había sido dirigido desde siempre por Rick, su marido, pero últimamente éste había sentido fatiga, después de todo ya casi cumplía ochenta años, y Wen fue nombrada directora. Wen también era extranjera y comprendía la distinta sucesión de shocks a los que se enfrentaban los participantes: el shock de hallarse en otro país, el de alternar con gente hipersensible de otras latitudes, el de escribir en condiciones diferentes, el de enfrentarse a monstruos sagrados de la literatura que eran invitados a disertar en el Programa y, por último, pero no al final, ¡el shock de vivir tantos shocks juntos!

El polaco Slawomir todo el tiempo estuvo cerca de Susana, y ella vio que se trataba de un hombre terriblemente introvertido, que sólo emitía monosílabos y gruñidos cuando le dirigían la palabra. Jamás respondía cuando, tarde o temprano, le preguntaban por la situación en su país. Susana sintió cierta ternura al pensar que ese hombre vivía a fondo el prototipo de poeta maldito, el último hijo de Jaromil, a juzgar por la manera como empezó a beber, después de que Wen los reinstaló en la sala para tomar copas. Los escritores comenzaron a animarse, sobre todo cuando hizo su aparición, sin que lo invitaran, el poeta egipcio, el primero en llegar; hablaba estentóreamente, daba palmadas, golpeaba las mesas, reía a carcajadas, contaba chistes y disertaba, desde una posición claramente oficialista, sobre la situación política en el Cercano Oriente. Susana lo calificó como la peste del grupo, el máximo burócrata del espíritu y el estúpido de quien había que huir. Los chinos formaban un bloque hermético, todos eran de Taiwán o de Hong Kong, todos silenciosos, discretos, sonreían suavemente y se perdían en largas conversaciones con Wen, quien los trataba con evidente cariño. El rumano quiso conversar con el polaco, pero hicieron corto circuito casi al instante, así es que uno continuó en el mutismo, junto a Susana, y el otro se fue con los ruidosos, que eran el viejo Rick, el islandés, el egipcio y el académico de Sri Lanka, alto funcionario de la Universidad de Colombo. Había ido al Programa con toda su familia, esposa y seis hijos, que en ese momento veían televisión en el sótano, porque la televisión, como se sabe, es el gran auxiliador de los padres que no encuentran o no quieren gastar en niñeras, dijo Rick entre carcajadas.

Becky regresó al poco rato con dos muchachas del taller literario de la Universidad; aparecieron también John y Myriam, de Goa, que habían llegado a Arcadia como todos, y se las habían arreglado para quedarse en Estados Unidos con una chamba en el Programa, pero eso era algo *increíblemente difícil* de conseguir, avisó Rick por si a alguno de los presentes ya se le había ocurrido tratar de quedarse definitivamente en ese gran país. Con ellos también apareció otro participante más, que acababa de llegar en el último vuelo; era Edmundo, un novelista peruano muy flaco, alto y desdentado, con lentes de John Lennon y bufanda, a pesar de que no hacía el menor frío. Después de saludar a los presentes el peruano se colocó junto a Susana, con quien podía hablar español.

Conforme bebía, los ojos del polaco eran cada vez más opacos y despreciativos. Parecía que en cualquier momento haría algo terrible. Pero nunca hizo nada, y Susana sólo le dedicó miradas ocasionales, familiares casi, cuando hablaba con Edmundo, quien comía poco pero bebía mucho; había vivido un tiempo en la ciudad de México y le habló a Susana de los amigos que había hecho allá, pero eran escritores muy dudosos, juzgó Susana, gente que no era bien vista en el medio intelectual por su falta de refinamiento y su enfermizo interés en cuestiones políticas, la máquina de escribir como fusil y vulgaridades de ese tipo. De pronto, el egipcio sorprendió a todos cuando, en la sobremesa, improvisó un poema, compuesto unos momentos antes, en el que las praderas del Medio Oeste eran oasis de cultura y espiritualidad. Rick aplaudió, y felicitó a gritos al egipcio. El rumano no quiso quedarse atrás y allí mismo improvisó otro, aún más servil que el anterior.

Elijah y el cocinero de Hong Kong llenaron los vasos y sirvieron café y Metaxa, lo cual permitió una breve disertación de Rick sobre las bondades de la cultura griega, él no podía aspirar al rango de helenista pero indudablemente

Grecia estaba en su corazón. El egipcio retomó la palabra para rememorar sus viajes por las islas griegas y sus estudios en Alejandría. El rumano lo interrumpió pero sólo para devolverle la palabra a Rick, con lo que se ganó la estimación instantánea de éste y la animosidad de los demás. Rick quiso saber quiénes lo acompañarían en el juego dominical de futbol, algo-que-no-debían-perderse-porque-era-el-rito-de-fertilidad-y/o-fecundidad-del-país. Nadie estaba obligado a asistir, pero las entradas eran sumamente caras, el Programa había hecho un esfuerzo especial y compró boletos. Siempre les apartaban localidades *privilegiadas;* además, la pequeña ciudad de Arcadia apoyaba reverentemente a sus Dogeyes, y ya se habían agotado los boletos de *toda* la temporada. La mayoría, intimidada, accedió a acompañar a Rick al futbol, y Becky, para romper la vaga incomodidad que surgió, dijo que ya había llegado la mayor parte de los participantes, sólo faltaban diez, pero se les esperaba en los dos días siguientes.

En ese momento, a los presentes se les hacía entrega de un fólder abultado con mapas e información de medios de transporte y sitios de interés. Por último, ¡malas noticias y buenas noticias!, las buenas primero: a partir del día siguiente podrían ir a las oficinas del Programa en la Universidad, pues allí encontrarían todo un cuarto lleno de libros excelentes que podían llevarse ¡gratis! Pueden tomar *todos* los que gusten, intervino Rick, esos libros son cortesías que desde muchos años antes las editoriales *más importantes* del país ofrecen al Programa; no sean tímidos, llévense los que quieran, es una oportunidad imperdonable, eso dijo textualmente, sepan además que no son libros de bolsillo, no, sino ediciones de pasta dura, o sea, *las más caras:* cada libro, en librerías, cuesta de quince a treinta dólares, y algunos mucho más, cincuenta o cien; son ediciones lujosas, para coleccionistas. Las malas noticias ahora, dijo Becky con una sonrisa que indicaba que las malas no lo eran sino que, bien vistas, no sólo eran buenas sino ¡muy buenas!: el viernes siguiente, o sea, en tres días, se iniciarían formalmente las actividades del Programa con una sesión en el Kitty Hawk; contarían con la presencia de un viejo y querido ex participante, el islandés, quien daría una charla para romper el hielo y para que todos vieran que las presentaciones, que por supuesto no eran obligatorias, en realidad eran cordiales, informales, entre amigos. Es muy importante, dijo Wen, subrayar que el Programa se ha ocupado en organizar eventos novedosos, estimulantes, como mesas redondas, para que la estancia de todos ustedes sea lo más provechosa, sin embargo, es cierto que nadie está obligado a asistir a ninguna de las actividades; no debe olvidarse que el fin principal del Programa consiste en estimular la creatividad, así es que si acaso alguien es poseído por las musas/ ¡O tacleado!, bromeó Edmundo. Es decir, si desean quedarse en casa a escribir o simplemente a disfrutar el ocio creativo, por supuesto que pueden y deben hacerlo; todos nosotros los extrañaremos, y algo se perderán los tacleados por la musa. ¡Es verdad!, rugió Rick, sirviéndose un enésimo Jack Daniels; no dejen de asistir a las actividades, esta oportunidad no se repetirá. Deben saber que el Programa sólo en contadas ocasiones y en casos sumamente especiales vuelve a invitar a los viejos amigos otra temporada, no porque no queramos volverlos a ver, pero, ustedes saben, en estos días más que nunca, el costo de este Programa es muy alto, y a pesar de que el Departamento de Estado y numerosas instituciones privadas facilitan la invitación de todos ustedes, tanto mi esposa Wen como yo luchamos duro por conseguir dinero de todo aquel que se deja. Tengo que decirles que Rick es simplemente *maravilloso* persuadiendo a empresas y a gente rica a que haga sustanciales aportaciones al Programa, interrumpió Wen, realmente el Programa le debe todo a Rick, aunque haya quien lo olvide; gracias a su prestigio internacional, ha logrado que mucha gente colabore con nuestros gastos. La verdad, agregó Rick, es que ya estoy viejo, y si muchos años a mí me correspondió la responsabilidad de obtener el financiamiento de este generoso Programa, ahora mi esposa, esta gran mujer china y universal, es quien merece la gratitud de ustedes; los costos para traerlos desde distintas partes del mundo son alarmantes, pero nosotros siempre hemos creído que los innumerables esfuerzos que tenemos que llevar a cabo bien valen la pena. ¡Claro, claro!, exclamó el egipcio, y propuso un brindis. El vino había circulado tan generosamente que todos, gustosos, alzaron su copa y brindaron por el éxito de esa promoción de participantes.

Todos salieron muy eufóricos. Sólo los chinos hicieron su grupo y se adelantaron; los demás bajaron juntos el monte y rechazaron el ofrecimiento de Becky y de Rick de llevarlos. Cantaron durante el trayecto, sumamente trastabillante, y cuando llegaron al Kitty Hawk, John y Myriam, que a Susana le cayeron bien, los invitaron a tomar otra copita. El de la pareja, aunque pequeño, sí era un departamento: tenía algo que podía considerarse estancia y comedor y un par de recámaras. El egipcio, entre risotadas, reveló que había pedido prestada una botella de Metaxa de casa de Rick y de Wen, y ante esa confesión, el peruano Edmundo les dijo que él también, camuflándolo en su bufanda, había expropiado un frasquillo de Jack Daniels que, en lo personal, no le había parecido nada mal. John y Myriam menearon la cabeza con cara de ¡ah estos escritores! Al poco rato llegaron Altagracia, la filipina, y Brian, un judío que estudiaba en Estados Unidos. Ellos, con el egipcio, habían sido los primeros en llegar, y Altagracia les pasó información: un cineclub nada malo en la Unión de los Estudiantes, ese estado era muy puritano y en la ciudad no había ni cines ni tiendas pornográficas, pero sí en Little Rapids, a media hora de allí; lo que sí había eran clubes gay. Las bebidas alcohólicas se vendían sólo en tiendas del estado, que en Arcadia eran dos, ambas muy muy lejos, porque ninguno de ellos tenía más vehículo que los del Programa. La tienda, continuó el rumano, cuyas gordas mejillas rojizas indicaban que sabía de qué hablaba, está en un centro comercial que la gente aquí llama The Mall. No *a* Mall, sino *the* Mall, le había corregido Becky a Altagracia. Todos rieron y le hicieron chistes a Becky y su manía de corregir la pronunciación, aunque procuraron ser un tanto cautelosos; en realidad nadie confiaba en nadie, y menos en John y Myriam. John era muy servicial y se la pasaba dando vueltas al cuarto donde dormían sus hijos.

Altagracia propuso que siguieran la fiesta en sus instalaciones. Con un ánimo expansivo, juzgó Susana, todos subieron al cuarto de la filipina y se acomodaron en la cocina-desayunador. Altagracia dijo que ella no se quedaba esperando a que el bebé ese Elijah o Becky la transportaran, ella se salía a la avenida y pedía aventones o tomaba el autobús, ¡pasa cada *media* hora!, y así había conocido esa ciudadcita, no hay nada, decía, dicen que aquí todos son escritores, que se llama Arcadia porque en verdad no es *una* Arcadia sino *la* Arcadia, pero la verdad era que los escritores locales que había conocido eran infumables y en ese caserío de veras no había *nada*. Más valía que se enteraran que habían llegado a Nacolandia: ese estado era famoso por sus mazorcas enanas e insaboras y por su mentalidad estúpida, provinciana y retrógrada. Cuando se hacen chistes sobre la *gente estúpida y provinciana* de Estados Unidos siempre es gente de *aquí*, porque eso es lo único que hay: estulticia, legañas mentales, piojos en las páginas e ideas reaccionarias; lo que había que hacer era soportar las *actividades* del Programa esos cuatro meses, beber, comer y ahorrar lo más posible y salir corriendo a Nueva York, que, como todo mundo sabe, es donde está el buen ambiente: todas las ciudades de Estados Unidos eran iguales a *ésa*, y como decían los nativos: si viste una, ya viste todas.

Susana escuchaba, con el polaco siempre a su lado, a Altagracia y sonreía un tanto condescendiente; la filipina quería llamar la atención, era muy probable que lo que escribía fuera como la gente de ese estado, pero cuando menos era una evidente provocadora y eso era algo que ella siempre apreciaba, aunque mejor de lejos. Experimentaba una embriaguez acariciante, plácida, y aunque todo lo veía con veladuras se hallaba a gusto: no le interesaba en ese momento tratar de conocer bien a sus compañeros y deliberadamente se dejaba llevar por la superficialidad, sin pensar en nada; el polaco bebía sin decir una palabra, el judío Brian la miraba oscuramente y Altagracia avisaba que había conseguido ¡mariguana! ¿Querían una poca? Después de todo estaban en el Kitty Hawk, ¿no?, ¡a volar entonces! El poeta rumano dijo que le dolía la cabeza y el académico de Colombo también se retiró, pero los demás, en especial Edmundo, se entusiasmaron. Susana, por su parte, dio unas cuantas fumadas al maltrecho cigarro que le pasaron. Me querían vender cada joint en diez dólares, qué atraco, decía Altagracia, sin dejar de dar traguitos de vino. Susana observó que la mariguana introvirtió a varios de ellos, que Altagracia llevó una grabadora portátil y quitó la *Eroica* para poner jazz de John Coltrane, y después apagó la luz. La habitación sólo quedó iluminada por la luz que venía de la calle, varios pisos abajo. La filipina fue con el polaco, vamos a bailar, dijo, y éste, a la vista de todos, sin advertencia previa, le metió la mano bajo la blusa. Susana no podía apartar la vista de la sesión de caricias que tuvo lugar entre Altagracia y el polaco ante su misma nariz. De pronto se dio cuenta de que Edmundo la veía intensamente. Ella sonrió, y el peruano le devolvió la sonrisa, con los huecos de sus incisivos, y se dirigió hacia Susana, pero se detuvo cuando vio que el egipcio ya estaba con ella. Susana se largó de allí al instante, pero no fue a dar con Edmundo, qué bueno porque le daba mucha risa que estuviera tan chimuelo, sino con el judío Brian, quien en el acto le pasó el brazo sobre los hombros; Susana trató de observarlo. Un rostro lunar, muy blanco, de amplias entradas en el cráneo, bigote delgado, cortado escrupulosamente, y expresión un tanto cínica; quiso hablar con él, pero allí no se hablaba, era un acuerdo tácito, allí se estaba en silencio, con naturalidad y desinhibiciones, sin sobrevalorar ni subestimar lo que ocurría. Lo más normal era ir al cuarto de Brian.

Al entrar se besaron largamente, y no dejó de ser un tanto perturbador para Susana el aliento alcohólico en la boca del judío; acariciándose con suavidad llegaron a la cama, se quitaron la ropa entre torpezas ebrias y risitas juguetonas. Susana pensó, fugazmente, que no se había acostado con nadie desde la última vez que lo hizo con Eligio, pero había que ahuyentar esas ideas y por eso tomó la iniciativa y se acomodó firmemente sobre el miembro del judío.

¿Quién eres?, preguntó éste cuando despertó al día siguiente y vio que, junto a él, Susana despertaba. Soy Susana, respondió ella, pero le resultó difícil porque se hallaba a años luz de su cuerpo, viendo con un larguísimo telescopio al revés. ¿Y qué haces aquí?, volvió a preguntar el judío. ¿Era hostilidad lo que leía en su rostro? Susana se sobresaltó. Eso es lo que yo me pregunto, respondió, un poco tensa. Bueno, Suzannah, dijo Brian, con una sonrisa siniestra, tono casual; realmente no sé cómo te las arreglaste para meterte en mi cama, pero no pienses que esto se va a repetir. A mí no me gustan estos jueguitos estúpidos como a ti y a Altagracia. ¿Cómo que no sabes cómo vine a dar aquí?, replicó Susana, pasmada; tú me invitaste, tú me trajiste, y yo acepté, realmente no sé por qué acepté, por estúpida naturalmente, pero despreocúpate, no me gustan los retrasados mentales. El judío le dio la espalda, volvió a cubrirse con las frazadas y musitó, lo suficientemente fuerte para que se oyera: chavas pendejas. Eso verdaderamente desquició a Susana; jamás en su vida había encontrado a alguien que la tratara así, y menos después de hacer el amor. Se vistió con rapidez, furiosa. El judío Brian se había vuelto bocarriba y acabó colocando una almohada sobre su cara; después la alzó un poco para decirle: lárgate pronto y cierra bien la puerta. ¡No es posible!, pensó Susana cuando su pie se alzaba y caía con fuerza en el bajo vientre de Brian.

Lo dejó revolcándose de dolor, mascullando insultos de todo tipo y se fue a su cuarto, donde, lo primero que hizo, fue darse un buen baño porque verdaderamente la encrespaba la idea de tener dentro de sí cualquier residuo de líquidos seminales del judío. Se lavó con gran meticulosidad y se prometió comprar una bolsa de lavados vaginales. En realidad, Brian no le había gustado tanto, ¿cómo había podido ocurrir todo eso? Terminó de arreglarse y pensaba en desayunar, qué hambre tan terrible, cuando sonó el teléfono. Era Becky. Se hallaba en el lobby para ir al supermercado. Susana le explicó que no había comido nada y/ ¿No has desayunado? ¿A las once de la mañana? Bueno, naturalmente eres libre de hacer lo que gustes pero yo te recomendaría que en esta ocasión nos acompañes, la próxima salida de compras será en cuatro días. Susana cerró los ojos y en su pensamiento maldijo repetidas veces a esa gringa miserable. ¿Estás ahí? ¿Susana? Sí, aquí estoy, respondió ella, ahora bajo, espérame.

Susana tenía dos meses en el Programa cuando Eligio llegó a Little Rapids. Salió del aeropuerto y pidió a un taxista que lo llevara a Arcadia. El chofer lo miró dubitativamente unos segundos y por último lo hizo subir en el auto que, para desilusión de Eligio, resultó un dodge mónaco viejo como los que abundan en México. Eligio quiso conversar con el taxista, pero a éste, tan viejo como el coche, no le interesaba lo que Eligio comentaba, lo que había salido en los periódicos sobre Estados Unidos: recesión, inflación, bravuconadas, acosos a Centroamérica, antipatía hacia México, animosidad contra Cuba, antagonismo total hacia la Unión Soviética. El chofer sólo se sorprendió cuando Eligio le informó que era mexicano, pero entonces dijo ¿cómo es que pronuncia bien el inglés?

Llegaron al edificio Kitty Hawk de la ciudad de Arcadia y el chofer cobró sesenta dólares. Eligio hizo cálculos mentales y cuando se dio cuenta de lo que le cobraban juzgó imprescindible protestar. Esta suma es ultrajante, dictaminó, escogiendo cuidadosamente las palabras; no puedo creer que las autoridades de este que se dice gran país permitan que los precios de los servicios públicos sean tan elevados. El chofer respondió que en ese *gran* país sesenta dólares no era ninguna gran suma, mucho menos ultrajante, y que si quería viajar más *económicamente* debió tomar el autobús. A Eligio se le acabó la paciencia, ¡no le pago nada, viejo ratero, ruco hijo de la chingada!, gritó en español, dio un portazo y subió con rapidez, cargando sus maletas, al edificio, desde donde pudo ver que el chofer salía de su auto, no sin dificultades, y lo seguía.

Eligio se fue por un pasillo, riendo nerviosamente, abrió una puerta y se vio en un estacionamiento de buen tamaño que terminaba en una pared de monte, de vegetación profusa y telarañosa. En ese instante supo que allí lo irían a buscar, así es que cargó nuevamente las dos maletas y dejó atrás el estacionamiento del Kitty Hawk. Vio irritado que sus zapatos se hundían en el fango, que su ropa se llenaba de varitas, hojas secas y unos bulbos espinosos que sólo pudo identificar como ahuates gringos. La puerta del edificio se abrió y apareció el chofer, gesticulando, con tres policías o guardias de seguridad que vestían atildados pantalones color marrón oscuro y camisas caqui muy bien planchadas. Eligio, sin dejar de reír nerviosamente, y alerta, trató de cubrirse lo mejor que pudo cuando los guardias y el taxista se acercaron al lindero del monte. Es probable que esté en el edificio, después de todo hay muchas maneras de subir a los pisos sin ser visto. Allí sería mucho más difícil encontrarlo. Sí, casi imposible. ¿Y dice usted que es mexicano? Bueno, eso dijo él, pero por supuesto no se lo creí, aunque tiene cara de indio, pero ningún mexicano puede hablar como él, en todo caso era chicano o puertorriqueño o un asiático con muchos años de vivir aquí. Pues aquí no parece estar. También hay otras salidas. ¿Buscamos en la colina? No, no tiene caso. Sin embargo, los cuatro se acercaron más al monte y Eligio trató de empequeñecerse al máximo. Suspiró con alivio cuando vio que regresaban al edificio. Qué situación más pendeja, pensó Eligio, al comprender que tendría que aguardar allí un tiempo, en lo que el taxista se iba y los policías lo olvidaban. Se dio cuenta de que no sólo se había enlodado los zapatos sino también los pantalones en todas sus partes, y las maletas. Carajo, pensó, y empezó a cabecear, hasta que oyó que varias personas salían del edificio, charlando ruidosamente, y abordaban una camioneta que, ¡no es posible!, también era antediluviana. Se sobresaltó cuando vio, entre el grupo, a su propia mujer, ¿iba del brazo de un tipo inmenso y muy blanco? ¡Qué rápido se metieron en la camioneta! Eligio estuvo a punto de llamar a gritos a Susana, pero se contuvo: quizá por allí andaban aún los guardias y el chofer. Así es que tuvo que soportar la desesperación de ver cómo su esposa se iba en la camioneta con los demás. Eso de plano le quitó el sueño y, en cambio, le dejó un ánimo belicoso. Se reprochó no haber seguido discutiendo con el taxista hasta que llegara la policía, cuando menos habría luchado hasta el final. Se sentía estúpido en esa vegetación siniestra de innumerables y flacos arbustos, lodo por doquier. ¿Y quién dijo que las hojas en el otoño eran lo *máximo*? Sí, estaban monas las chingaderas con sus tonos encarnados, pero en ese momento no estaba para contemplaciones bucólicas. De un salto se puso en pie. Dejó las maletas allí y caminó por la ladera de la colina, apoyándose en los tallos de los arbustos para no resbalar. Finalmente llegó a la avenida. Sonrió con gusto al ver que en ese momento el taxista salía muy irritado del edificio, subía en su auto y arrancaba en dirección opuesta. Eligio regresó al monte, procurando no resbalarse y riendo, para entonces todo le parecía más divertido. Recogió las maletas y regresó por el mismo camino, entre arañazos y resbalones. Al llegar a la avenida caminó en dirección opuesta al Kitty Hawk, pero después dio media vuelta y volvió a caminar al edificio, silbando y mirando en su derredor con aire despreocupado.

Para su fortuna, los guardias del Kitty Hawk no estaban a la vista, y como sabía que Susana tampoco estaba allí, preguntó por la gente del Programa. Una rubia le explicó que en ese momento ninguno de los organizadores andaba por allí. Vio suspicazmente el lodo en toda la ropa de Eligio, pero no dijo nada, e incluso accedió a guardarle las maletas en lo que él buscaba a la directora del Programa.

Eligio subió la pendiente empinada de la colina, esa vez por el camino pavimentado y la fatiga lo empezó a vencer, lo hundió en diversas confusiones agridulces. El cuerpo le pesaba como nunca y se sentó entre los árboles. Acabó recostándose. Algo pugnaba por llegar a su memoria, y de pronto se incorporó, alterado, con los ojos muy abiertos. Acababa de recordar, con toda exactitud, el sueño que esa mañana había tenido al despertar en su cama de la ciudad de México. Soñó que llegaba a su departamento y Susana le decía espérame tantito, tengo que ir a arreglar un asunto muy importante. Eligio la seguía hasta una casa en una colonia de clase media. Allí él se asomaba por la ventana y veía que su mujer se desnudaba y miraba lasciva-desvergonzadamente a un hombre inmenso, muy blanco, velludo, quien también se quitaba la ropa, ¡en la mismísima sala, qué tipos, no es posible! Eligio vio también que en la ventana opuesta se hallaban dos borrachines facinerosos, codeándose. Uno de ellos, incluso, saludó a Eligio agitando la mano y con un guiño cómplice. Las pantaletas de Susana volaron cerca de la ventana de la calle y uno de los borrachines incluso trató de atraparlas. Eligio consideró que era una verdadera ignominia que el gigantón se dejara puestos los calcetines, y que tuviera un pene desmesurado y ancho como un tronco de arbusto. Y era un tormento ver a su mujer acariciándose los senos, oprimiendo los pezones, con los ojos vidriosos, en verdad estaba *caliente,* con una sonrisa lujuriosa que jamás le había mostrado a él cuando copulaban, y eso era lo que estaban haciendo el par de cabrones: Susana, sin dejar de acariciarse las chichis, se había acomodado lentamente en el velero vergantín del gigante blanco y en la ventana opuesta a los facinerosos se les había unido una pareja de viejitos y ellos, muy serios, tampoco perdían detalle de lo que ocurría dentro y procuraban ignorar las risotadas, los jadeos burlones y los codazos que los cochambrosos se dedicaban mientras Susana subía y bajaba al compás de esta canción. Eligio quiso intervenir: era intolerable que su mujer fornicara con ese tipejo ante su mismísima presencia, pero no podía hacer nada, algo le había succionado toda la fuerza y le impedía irrumpir adentro y armar el escándalo apropiado. Era uno de esos estúpidos sueños en los que trataba de moverse con verdadera desesperación, pero jamás lo lograba. Quizá lo que le impedía moverse, pensó, no sólo era una agencia del alma sino la fascinación ultrajante de ver a su mujercita santa entregarse tan completa, exhibicionista y desinhibidamente a ese horrendo gorila velludo, Moby Prick. Era intolerable verla campanear el torso con un ritmo espasmódico, ausente, y sí: estaba gritando, aullaba de placer, qué cinismo. Eligio no daba crédito a lo que sucedía: consideraba que cuando menos Susana debía de tener el mínimo tacto de coger sin *venirse*, y menos aún con tal estrépito. Con él, jamás había llegado a los alaridos que en ese momento profería, el llanto que le brotaba de los ojos bizqueantes, mientras el gorila la sujetaba con fuerza de la cintura y empujaba con todas sus fuerzas. Los viejitos y los facinerosos, ¡los der*elictos*!, reían con la mirada un tanto turbia y señalaban el cuerpo sudoroso de Susana, quien se levantó y se dejó caer en la alfombra; después rodó un poco y se detuvo, bocabajo. Lo peor de todo era que Eligio tenía una erección intolerable, ausente a toda noción de buen comportamiento. El gigantón se incorporó del sofá, se sobó el miembro apretándolo como si quisiera exprimirlo, y se puso en pie para ir rumbo a la mujer, quien cerró los ojos al sentirlo aproximarse. Y lo que detenía a Eligio finalmente cedió, un cristal inmenso se resquebrajó, los ruidos circundantes emergieron con tanta claridad que le lastimaron los oídos. Eligio saltó la ventana y se metió en la sala. En la ventana opuesta los espectadores se entusiasmaron ante lo que consideraron un inminente terceto sexual o menachatruá. El gorila alcanzó a ver que Eligio iba hacia él, pero no se inmutó, se apresuró a encontrar el camino entre las nalgas de la mujer y la penetró con facilidad, a lo que siguió una exclamación satisfecha de Susana, quien tenía la cabeza reclinada en la alfombra. Eligio empujó con el pie al hombrón y lo mandó brutalmente contra el suelo. Durante fracciones de segundo, dudó si agarrar a patadas las nalgas de Susana o lanzarse contra ese abominable usurpador de la mujer ajena. Volvió a quedarse paralizado al ver que Susana se volvía a ver qué había ocurrido, por qué esa verga tan sabrosita de pronto se fue de ella. Eligio se llenó de tristeza y, abatido, sólo dijo vístete, pero ya, vístete, reiteró, y ella, lánguida, todavía alcanzó a ronronear un poco antes de ser izada por Eligio, quien la tomó de la cintura, vístete, nos vamos a la casa. Susana, perezosa, con una semisonrisa, mordiéndose un labio a causa del deseo inconcluso, tomó la ropa que él se afanaba en recoger. El gigantón había desaparecido, pero se le oía tararear en la cocina entre ruidos de cristales, agua que corría, un ahhh de satisfacción, quizá de resignación. Después eran las cuatro de la mañana, ¡la hora del lobo!, y Eligio deambulaba en una calle oscura, vacía, irreconocible, que conducía a otras calles desiertas y desconocidas.

Eligio había despertado sobrecogido por el sueño, con el cuerpo sudoroso y los músculos adoloridos. Pero en ese momento ya se desvanecía la impresión y finalmente podía relajarse. Hacía frío, pero no demasiado, y la luz del sol era totalmente oblicua. Le estaba empezando a gustar mucho cómo el follaje cerraba el paso a la luz. Enfrente se hallaba el río de Arcadia, que desde allí parecía sumamente apacible, estático en las curvas cadenciosas. Eligio respiró hondamente y se dejó arrullar por la inmovilidad del atardecer, los lentos y casi imperceptibles murmullos de todo tipo, las hojas de los árboles que en ese momento le parecían alucinantes con la variedad de tonos de la decoloración; de pronto se hallaba en un verdadero reposo y sintió que no estaba ni en Estados Unidos ni en México ni en ninguna parte del mundo, sino en un balcón a la eternidad; allí confluía una paz, una armonía que ya había olvidado. Qué instante tan extraño, alcanzó a pensar, y en ese momento un vehículo bajó la colina entre chirridos de llantas que frenaban en la pendiente; era un especie de camioneta muy roja, con rayas amarillas y onduladas como llamaradas, de llantas inmensas y un diseño de carrocería que jamás había visto antes, una cruza de tanque y nave espacial de la que bramaba el sonido clarísimo de un rock a todo volumen.

Eligio no tuvo más remedio que ponerse en pie y seguir subiendo, de nuevo malhumorado, con frío, hambre y sed. Pero la casa de los directores del Programa ya estaba allí: alberca al fondo y una imponente terraza de madera enfrentada al paisaje del río. Eligio tocó el timbre y casi al instante oyó que una voz potente le gritaba ¡adelante, suba por favor! Abrió la puerta y lo primero que vio fue una sucesión de máscaras chinas, japonesas, africanas, polinesias y latinoamericanas, y consideró que eran tristes como las cabezas hechas en cocos que venden en las playas de Acapulco. Subió una escalera y llegó a una estancia amplia con un gran ventanal para ver el río y muebles cómodos, un librero con ediciones caras, equipo de sonido con lucecitas por todas partes y bocinas como roperos, máscaras hasta en la chimenea, y algunos cuadros, ninguno como para arrodillarse ante él. En un sofá yacía casi acostado un hombre de edad, largo y blanco, con el pelo totalmente encanecido y lacio, quien, al ver el lodo en la ropa de Eligio, enarcó las cejas. ¿Qué le sucedió?, dijo, apuesto que se resbaló en la colina al venir subiendo. No, así me visto cuando salgo al extranjero, pensó Eligio pero respondió: sí, más o menos.

41

Sopesó al viejo. Éste ya se había puesto de pie, era un hombre alto, y lo invitaba a que se sirviera de la abundancia de botellas del barecito. Eligio tomó una cerveza y, sin hablar, la bebió a grandes tragos, pero al poco rato tuvo que controlar la necesidad de escupir, qué cerveza más infame, dijo, en español, viendo la lata y la marca: Olympia. También vio la mirada escrutadora del viejo. En fin, en qué puedo servirlo, preguntó. ¿Usted es el director del Programa?, preguntó Eligio. En cierta manera así es, aunque la directora es mi esposa. Yo soy Rick, añadió el viejo. Y yo soy Eligio, el marido de Susana. He venido a pasar con ella el resto de su estancia aquí, avisó Eligio, tendiendo la mano, pero la retiró al instante porque en esa ocasión fue Rick quien casi se atragantó. Vio a Eligio fijamente. ¿Usted es el marido de Susana? Sí, señor, respondió Eligio, y añadió: es más, traje una copia de mi acta de matrimonio por si hacía falta. Eligio ignoró el pasmo del viejo y calmosamente sacó de su bolsillo una copia fotostática del acta matrimonial. Rick la revisó con rapidez y casi al instante la devolvió a Eligio. La verdad, explicó, esto me sorprende, usted sabe, Susana, quien por cierto es una estupenda escritora y una persona deliciosa, jamás nos dijo que estuviera casada, incluso se asentaba que era divorciada en los papeles que nos enviaron nuestros amigos del Departamento de Estado.

Eligio no hizo comentarios y vio lastimosamente su lata de cerveza. Veo que no le ha agradado la cerveza; no lo culpo, las cervezas mexicanas son magníficas. ¿Por qué no se pasa usted a una buena bebida americana? Aquí tengo un excelente whisky, añadió dando una palmada en la espalda de Eligio, nada menos que un Jack Daniels, ésa sí es una buena bebida americana. Bueno, las cervezas mexicanas también son buenas bebidas *americanas* ¿verdad?, precisó Eligio, y el viejo rio a carcajadas. Claro, claro, concedió, tiene usted razón: me temo que la gente de mi país hemos acaparado todo lo que es América, pero créame, uso el término por costumbre, no con criterios colonialistas. Este Programa es celosísimo de los orgullos nacionales de todos nuestros invitados, ¡salud!, concluyó, pues ya había servido un Jack Daniels en un vaso, le había añadido hielo y lo había pasado a Eligio. Salud, dijo él. ¡Ah!, ésta sí es una *gran* bebida. No está nada mal, concedió Eligio, pero prefiero el escocés. Es su privilegio, comentó Rick mirando a Eligio fijamente, entre severo y divertido, mientras bebía. Eligio también lo hizo y el whisky le supo realmente bien. Dígame, inquirió el viejo con mirada de zorro malicioso, ¿le gusta a usted el futbol? ¿El futbol?, repitió Eligio, sorprendido, ¿el futbol soccer o el americano? Ya ve, usted también le dice americano a nuestro futbol. Las costumbres son lo más difícil de cambiar, sentenció. Aquí en *América*, prosiguió con un guiño, ¡el futbol sólo puede ser americano! ¿Le gusta a usted? Tengo boletos para el encuentro de Los Ojos de Perro contra Las Medias Tintas de Nebraska el próximo domingo, y voy a llevar a algunos participantes del Programa. Quizá usted quiera acompañarnos, ¿sabe usted?, el futbol es algo que uno no debe perderse en este país; algo así como un rito de fecundidad, o de fertilidad, algo semejante.

Eligio no sólo era indiferente al futbol, sino que jamás había asistido a algún estadio deportivo, y no creía que en ese viaje debiera romper esa sana costumbre. Si se tratara de ver un buen partido en la televisión, con una buena dotación de tres equis, la cosa sería distinta. Le agradezco la invitación, dijo finalmente, y Rick lo miró, un tanto sardónico. Discúlpeme, dijo después y se fue por un pasillo. Al poco rato regresó con una mujer delgadita, absolutamente china, de baja estatura y movimientos rápidos. Venía muy arreglada con un traje negro con flores estampadas en la parte inferior. Mira, éste es el marido de Susana. *¿El marido de Susana?* Sí lo es, incluso trae consigo un acta matrimonial para corroborarlo. ¿Un acta *matrimonial…*?, volvió a repetir la china, vaya sorpresa que nos ha dado Susana… Le presento a mi esposa Wen-ch'iao, ella es la directora del Programa. ¿Cómo se llama usted?, preguntó Wen. Eligio dijo su nombre mientras retiraba la mano que había tendido: al parecer en ese país nadie acostumbraba saludar estrechando la mano. Posiblemente Susana ya le haya hablado de mí y de mi marido Rick en alguna de sus cartas o en sus conversaciones telefónicas. Mucho gusto, saludó Eligio inclinando la cabeza y reprimiendo el deseo de chocar los talones, ¿puedo servirme otra copa?, me gustó este whisquito. Ya se está usted civilizando, bromeó Rick, sírvase, sírvase: lo que hay en esta casa está a la mano de todos. Eligio se sirvió sin inhibiciones, pensando que los efectos del alcohol ya se dejaban sentir. ¿Y piensa usted acompañar a Susana hasta diciembre?, preguntó Wen. ¿En diciembre termina el Programa? Así es. Entonces, sí. Wen se volvió a su marido, con aire preocupado. ¿Qué haremos, Rick?, le dijo, ¿no crees que sea necesario cambiarlos de ubicación? Quizá, respondió Rick, en todo caso, más adelante. Dígame, agregó dirigiéndose a Eligio al parecer casualmente, ¿le gusta a usted mi colección de máscaras? Espero que no vaya a decirnos, como otros, que eso significa que el Programa es un teatro. Eligio percibió tal inflexión en la palabra *máscaras* que en un relampagueo tuvo una idea clara de la situación. Sí, sí, replicó Eligio, las vi desde que entré en la casa, son excelentes, calificó con impunidad; ¿sabe usted?, he cometido un error gravísimo; mire, Susana me pidió que le trajera una o dos máscaras y yo naturalmente las compré, pero con la excitación del viaje y los preparativos, usted sabe, ahora estoy recordando que olvidé traerlas... El viejo alzó los brazos con un gesto teatral de resignación, ¡alas!, pero Eligio agregó: no se preocupe, hoy mismo telefonearé a México y pediré que me las envíen por correo. Antes del invierno las tendrá usted aquí. No no, no se moleste usted, dijo Rick, aunque otra máscara mexicana no caería mal. ¿Ya vio usted a Susana?, preguntó Wen. Aún no, respondió Eligio, fui al edificio donde vive pero me dijeron que acababa de salir, por eso vine aquí, quizá ustedes me puedan ayudar a entrar en el departamento de mi esposa, sólo para guardar mis maletas, que en este momento están en la administración del edificio. Voy a llamar, dijo Wen, Becky debe haberla llevado de compras y es probable que hayan regresado. Discúlpenme. Señora, pidió Eligio, no le diga que estoy aquí, es una sorpresa. Ah, ya entiendo, dijo Wen, dubitativa. Le diré, si acaso ya llegó, que venga a vernos.

Susana prometió ir en el acto. Wen hizo algunas preguntas corteses acerca de México y Rick se arrellanó en un sofá: hojeó una revista sin prestarles atención. Cuando sonó el timbre, Eligio ahogó una sonrisa gozosa, se puso en pie y se ocultó tras un biombo de madera lacada. Me voy a esconder, avisó con tono de niño travieso. Susana subía la escalera y llegaba, un tanto agitada. Seguramente esta pobre niña subió corriendo el monte, pobre pendeja, ha de creer que le van a duplicar la beca o que le van a traducir un libro, qué sé yo. Hola, dijo Susana. Susana, te tenemos una sorpresa muy agradable. ¿De qué se trata?, preguntó Susana, interesada, mientras Eligio, entre risitas, veía que Rick bostezaba y se estiraba. Pinche gringo, pensó Eligio, ya le caí gordo nomás porque no quise ir con él al futbol… ¿No adivinas?, insistía Wen, ¿qué es lo que más te gustaría en este momento? Eligio vio que Susana enarcaba las cejas: detestaba ese tipo de jueguitos misteriosos. Me rindo, dijo, más seria de lo que hubiera querido. Eligio tuvo que taparse la boca para no soltar la carcajada cuando Wen, con toda buena fe, exclamó: ¡es tu marido, vino desde México a darte una *sorpresa*! ¿Mi *marido…*?, empezó a decir Susana, pero Eligio ya estaba frente a ella y, con una sonrisa farisea, la abrazó. Ella se quedó petrificada, sin poder dejar de verlo. Así es, mi amor, decía Eligio, qué sorpresota, ¿verdad? Me vine sin avisarte, antes de lo que habíamos quedado, y no me vayas a regañar pero se me olvidaron las máscaras que me pediste por teléfono. Ah, dijo Susana, gélida, aún sin reponerse de la sorpresa, mientras Eligio seguía abrazándola, incluso le acariciaba las nalgas con absoluta desfachatez. Susana se desprendió de Eligio, procurando sonreír. ¡Sírvase una copa!, indicó Rick, a gritos, sin moverse de su diván, ¡gracias!, gritó Eligio y se sirvió por tercera vez. Susana se había petrificado y procuraba no mirar ni a Eligio ni a nadie, pinche Sana, pensó Eligio, está viendo cómo va a arreglárselas ahora que le cayó el chahuixtle.

En ese momento tocaron a la puerta y Rick vociferó ¡adelante! ¡Dios!, exclamó Wen, son nuestros invitados, avisó a Rick, ya es hora. Tenemos una pequeña reunión, informó a Susana y Eligio con una sonrisa un tanto avergonzada, y Eligio comprendió que su esposa no había sido invitada; pero no se vayan a ir, por favor, tienen que cenar con nosotros para que festejemos el encuentro. En ese momento entraba en la sala un grupo de diez o doce escritores, quienes saludaban e iban directamente a las bebidas. El timbre volvió a sonar. ¡Adelante!, gritó Rick sin moverse de su asiento.

Susana y Eligio llegaron al departamento. Ella abrió la puerta, se hizo a un lado para que él entrara, le dijo espérame tantito, tengo que arreglar algo muy importante, y con firmeza pero también con suavidad lo empujó dentro, cerró la puerta y la aseguró dando varias vueltas a la llave. ¡No es posible!, pensó Eligio, no es creíble esta horrenda mujer, acabo de llegar y ya me dejó encerrado, ¿qué asunto tiene que arreglar a las tres de la mañana?

Susana ya se había ido. No tenía caso ni patear la puerta ni pegar de gritos. Así se le había escabullido en la fiesta. Cada vez que él lograba acercársele, Susana lo presentaba con cualquier imbécil que anduviera por allí, y huía; Eligio la veía después, entre las cabezas, platicando muy quitada de la pena con otros hombres, o contra otras mujeres, a quienes Eligio ni siquiera pudo apreciar debidamente porque todo el tiempo trató de no perder de vista a Susana. Qué poca madre, qué *poquísima* madre, estaba loca esa escritorcita de a peso si creía que podía encerrarlo; Eligio estaba dispuesto a aclarar todo, a como diera lugar. Pero, antes, había que tirar la puerta a patadas: no, mucho escándalo: dicen que los gringos son como demonios por trivialidades como tirar puertas a patadas.

Se hallaba en un cubículo rectangular que supuestamente era un estudio. En el pasillo había un teléfono. ¡Ah!, pensó Eligio, ¡la magia del hombre blanco! Marcó el número de la administración, Susana lo había anotado en un tablero, y pidió que le abrieran el departamento porque se había quedado encerrado. Con reticencia, la mujer de la administración prometió enviar a alguien, y Eligio procedió a examinar la parte restante del mínimo departamento, que en realidad era una habitación con una buena cama, matrimonial, además... Muy bien, muy bien... En el buró, junto a la cama, se hallaba una grabadora de cassettes, ah Sensible Susana, veamos qué escucha esta mujer cuando yo no estoy, esperemos que ya haya rebasado esa temible fase malheriana. Eligio recogió una cassette. Música *polaca*, qué demonios es esto, muzika polacola tradixional, había escrito en dudoso inglés una mano que evidentemente no era la de Susana. ¡Y una *televisión*! No es posible, pensó Eligio, yendo al pequeño aparato blanco; qué bajo ha caído esta chava. La encendió, y en la pantallita, a todo color, apareció la pesadillesca exposición de un locutor, con traje de etiqueta, que anunciaba cerveza Budweiser, y después, tras una sucesión de efectos lumínicos, surgió la amable figura de Mae West. Qué buena onda, pensó Eligio, y ya se había recostado en la cama para ver la película cuando alguien tocó.

Eligio corrió a la puerta. Nadie. Qué misterio. Pero las llamadas proseguían. Siguió el sonido y advirtió la puerta de la cocina-desayunador. Allí encontró a una mujer de edad madura, rubia, gorda y baja, quien casi tiró el cigarro que muy bogartianamente pendía de sus labios cuando vio ¡un hombre! Perdón, dijo azorada, en excelente inglés; buscaba a Susana. ¿Susabas a Buscana?, replicó Eligio, en español, por puro reflejo, y añadió: no está, salió hace un momento, y yo soy su marido, me presentaron a todos en la fiesta, ¿no? ¡Yo no fui a la fiesta!, aclaró la gorda, ofendida, y azotó la puerta. Uy, qué carácter, pensó Eligio, y consideró que la cocina-desayunador seguramente comunicaba con el departamento de la gorda y que por allí podía *salir*, pero en ese momento volvió a oír toquidos.

Era un policía, delgado y musculoso, muy rubio y atildado, con la raya del pantalón sin arrugar y camisa de manga corta que tenía que haber sido mandada a hacer. Ya había abierto la puerta, nada amistoso, y menos cuando Eligio le pidió que le prestara la llave. ¡Señor, es una llave *maestra*!, exclamó, escandalizado. Aquí todos somos maestros, alcanzó a decir Eligio pero ya avanzaba por el pasillo, sin saber hacia dónde se dirigía, pero sin que eso lo perturbara. Recorrió el pasillo largo, estrecho, alfombrado, y no vio nada, salvo puertas cerradas. Llegó al extremo, que se hallaba engalanado por un extinguidor. A lo lejos, el policía no lo perdía de vista. Eligio abrió una puerta que decía EXIT, fue a dar a una escalera de servicio, subió un piso a grandes zancadas, y encontró un pasillo casi idéntico al anterior, pero por allí caminaba una joven con pantalones y muy poco equilibrio, trastabillaba de un lado a otro sin soltar, eso sí, un vaso desechable. Eligio corrió hacia ella. Le preguntó por Susana. Ah, ¿tú eres el marido recién llegado?, preguntó la muchacha, que era pequeñita, muy delgada y morena y amarilla e invitante, a juzgar por la manera como lo miraba. Yo soy Altagracia. Altagracia, ¿no has visto a Susana?, insistió Eligio, impaciente. Bueno, dijo Altagracia después de un silencio meditativo, te lo voy a decir, total a mí qué me importa, es más, hasta se lo merece este tipo truculento, mira, apuesto a que tu mujer está con el polaco, córrele allá. ¿Pero a dónde, en qué departamento? Es el 7678 o el 7876 o algo así, informó Altagracia, con aire de complicidad. Eligio corrió por el pasillo, viendo fugazmente que los números allí correspondían a los nuevemiles, regresó a la puerta de emergencia, bajó dos pisos a grandes saltos, corrió hasta el 7678 y procedió a golpear la puerta. ¡Sal de allí, Susana Carne y Demonio! ¡Sal inmediatamente! Continuó dando golpes, y cuando sintió que los puños no bastaban pateó la puerta. Se oyeron protestas en algunos cuartos y varias puertas se abrieron, pero Eligio sólo vio fugazmente las figuras porque seguía dando patadas rabiosas, ¡voy a tirar esta puerta a puros pinches patines si no sales ahora mismo,

Susana! ¡Abre o te vas a a-rre-pen-tir!, agregó, punteando cada sílaba con puntapiés.

Finalmente la puerta se abrió, de golpe. ¡Ya, ya!, ¡no hagas tanto escándalo, aquí esto nos puede costar una noche en la cárcel! Susana cubría la puerta con su cuerpo y a Eligio le pareció ver que una cara indecorosamente blanca se asomaba y desaparecía. Hizo a un lado a Susana y fue a la recámara, donde encontró a un hombre casi albino, velloso, y enorme, que atenuaba su corpulencia recargado en la pared, junto a una televisión idéntica a la de Susana; Eligio, en inglés, le decía mire usted sus jueguitos con mi esposa se han terminado, no voy a permitir ninguna cosa de éstas, así es que si lo vuelvo a encontrar con Susana le juro que le parto la pinche cara, concluyó; se sentía feliz, casi con ganas de reír a carcajadas al ver la expresión desprogramada del polaco. Pero no le hizo ninguna gracia Susana en la puerta. Tras ella estaba también el policía. Eligio tomó a Susana del brazo, con seguridad, ojeó insolentemente al policía, quien ahora lo veía con extrañeza, como si quisiera reconocerlo, y jaló a Susana por el pasillo hasta que llegaron al elevador, donde ella le decía suéltame Eligio suéltame imbécil no me gusta nadita cómo me estás apretando el brazo, me *duele*, suéltame, estúpido, estos idiotas van a creer que eres un bruto mexicano y que tan pronto como lleguemos al cuarto me vas a dar una paliza, eso es exactamente lo que voy a hacer, sí cómo no, suél-ta-me, ¿no te has dado cuenta cómo nos está viendo ese imbécil policía? ¿En qué piso estamos?

Digo, ¿en qué piso está tu cuarto? En el octavo. Tú no vas a llegar aquí a tronarme el látigo, tarado, idiota, estúpido, macho mexicano, jamás había hecho un ridículo semejante, mañana voy a ser el hazmerreír del Programa. ¡Ya cállate la boca! ¡Tú te callas! No tienes por qué horrorizar a todo mundo, y te advierto que si me alzas *un solo dedo* te vas a arrepentir todos los días de tu vida, sí, claro, se te hace padrísimo dejarme encerrado mientras tú te vas a revolcar con esa cosa, yo no me fui a acostar con nadie y no tengo por qué darte explicaciones, nadie va a decirme qué debo hacer.

Susana se desprendió con fuerza de Eligio y fue a la recámara, Eligio la siguió, sólo para encontrar que nuevamente tocaban la puerta que intercomunicaba los cuartos, ¡dile a esa gorda pendeja que se vaya a chingar a su madre! ¡Dile tú! Susana abrió. La vecina se dio cuenta de que Eligio bramaba detrás de Susana, y sonrió débilmente pero con un brillo malicioso en la mirada, y musitó: creo que te veré más tarde. ¿Por qué más tarde?, replicó Susana, áspera, alisándose el cabello y tratando de afianzar una expresión de indiferencia. Estás ocupada en este momento, ¿no? No, dime lo que quieras.

Eligio se descubrió sumamente fatigado. Pensó que debía hacer un último acopio de fuerzas, irrumpir en la cocina, traer a Susana de las greñas y darle una buena madriza antes de dormir en paz, pero su cuerpo ya no respondía; casi no había dormido en cuarenta y ocho horas: todo el tiempo pensaba en lo que ocurriría cuando encontrara a Susana, si es que la encontraba, porque bien podía haberse ido a Quiensabedónde, Nueva York, Amsterdam, *Nepal,* si de buenas a primeras era capaz de abandonarlo así como así bien podía seguir sus estúpidos impulsos y largarse al mismísimo carajo.

Eligio llegó al aeropuerto de la ciudad de México sumamente desvelado, y cuando rebasó los trámites y las migraciones y la sección de no fumar, qué estupideces, creyó que al fin podría dormir y casi lo lograba cuando sirvieron el desayuno acompañado por un gran pastel, era el cumpleaños del piloto y cake for e-vry-one!

Se recostó en la cama de Susana: no: la cama de los duques del Calvario esquina con Callejón del Castigo; a fin de cuentas ya había regresado y no habría manera de que lo sacaran de allí: no estaba dispuesto a retirarse de ningún territorio conquistado salvo a través de incalculables concesiones estratégicas. La luz que venía del departamento contiguo en ese momento era más intensa y contrastaba con la penumbra en la recámara, donde la televisión seguía encendida, sin sonido y sin la figura redentora de Mae West, mira nomás quién está ahora, el pendejo de Ronald Reagan, ¡no es posible! Eligio escuchaba un arroyito de voces tras la puerta, seguramente Susana lo estaría insultando ante los ojos atentos, los asentires de la vecina, quien, por supuesto, era *otra* escritora, carajo: más escritores que estiércol, qué pinche país este también... Estoy segura, decía Susana... Creo que estoy lista para uno de ésos... Risitas... La cama, deliciosa. Eligio se preguntó, puesto que ya no escuchaba nada inteligible del otro lado de la puerta, qué demonios hacía Susana en el cuarto de ese tipejo-todo-pelos-rata-de-laboratorio. Se hallaba rigurosamente vestido, pensó, pero la cama estaba un tanto destendida… Sí es capaz esta Susana de refocilarse con ese tipo en la mismísima noche de mi llegada. Como venganza porque la vine a buscar. Es rencorosísima… Nadie necesita desvestirse y acostarse para coger… Mientras más inconexos eran sus pensamientos, más aumentaba la incomodidad de Eligio, quien no quería dormirse.

Cuando llegó a Chicago, el agente de Migración no simpatizó para nada con él, lo vio de arriba abajo y seguramente desaprobó que Eligio vistiera chamarra verde olivo, de soldado *gringo*, camisola de mezclilla y los viejos, desteñidos, pantalones de pana azul; el pelo era corto, pero eso no quería decir nada; cara sin rasurar, ojeras inmensas, y moreno, casi negro: un indio fornido y malvestido que quién sabe cómo logró subirse en el avión. A pesar de que los papeles estaban en regla, el agente exigió que Eligio declarara con exactitud dónde iba a hospedarse, el número telefónico también, y que mostrara el dinero que tenía. Eligio lo hizo. Al agente no le pareció bien que llevara efectivo, y quiso saber cómo había obtenido esa cantidad y cómo pensaba emplearla en Estados Unidos. Después lo envió a la revisión aduanal, donde vieron todas sus pertenencias con gran meticulosidad. Sacaron todo lo que llevaba en las dos maletas, revisaron los bolsillos de todas las prendas de vestir, pasaron la mano cuidadosamente por las costuras, forros, pliegues y valencianas, abrieron y olfatearon cada frasco, revisaron hoja por hoja cada uno de los libros y cuadernos, buscaron dobles fondos en las maletas y por último lo cachearon con meticulosidad, especialmente en torno a los genitales, y después Eligio tuvo que esperar largo rato mientras tecleaban su nombre una y otra vez.

Finalmente lo dejaron ir, y Eligio consideró que en el aeropuerto de Chicago ocurría algo anormal... Tardó largo rato en darse cuenta de que lo que había allí era un silencio extrañísimo, ¿cómo era posible que en ese enorme hangar, terriblemente largo, con bares, restoranes, cabinas telefónicas, tiendas anodinas de gringo curios, altoparlantes y máquinas incomprensibles pudiera haber tal silencio? Hasta los motores de los aviones parecían emitir sordos ronroneos. ¡Y tanta gente, tan silenciosa! Deambulaban de aquí a allá, con prisa, sin ver a los demás, con aire de ejecutivos serios y eficientes, tal como lo proclamaban en sus trajes delicadamente cortados por Sears Roebuck. Silencio inquietante. Pensándolo bien, ese aeropuerto era terrible. Claro que había una infinidad de sonidos, pero a fin de cuentas era como si no hubiese nada: un congelador inmenso. Eligio no asimilaba aún la atmósfera del aeropuerto de Chicago cuando recibió la ofensiva de un torvo harekrishna quien, a toda costa, quiso venderle un ejemplar, con elefantes color de rosa en la portada, del *Baghavad Gita* en veinticinco dólares, ¿*veinticinco dólares?*, repitió Eligio mientras hacía rápidos cálculos mentales y exclamaba ¡en la madre, qué dineral! El harekrishna, truculento, le dijo que no tenía idea de lo que podía ocurrir si no le compraba el libro… ¿Alguna amenaza metafísica? ¿Se despeñarían trozos de cielo duros como una pared y las ramas desgajadas se irían bailando con él? Eligio reinició su camino, preguntándose en dónde se encontrarían los mostradores de Ozark Airlines, y ¿qué demonios era eso de Ozark Airlines?, ¿a poco en Estados Unidos también había aerolíneas de piojito, de rutas lecheras? ¡No podía ser! Y al irse caminando Eligio aún decía no, no, gracias, que te vaya bien, pues si no compras este libro no eres más que un ojete, fuck you, fuck you! El harekrishna repitió la última frase con un sonsonete casi melodioso, como gandalla de Ciudad Nezahualcóyotl, consideró Eligio, presa ahora de la incomodidad y de una tenue paranoia. Se alejó con rapidez.

… Caminar por los largos corredores, llenos de máquinas por doquier, máquinas para comprar cigarros, dulces, chocolates, timbres postales, refrescos, periódicos, para cambiar billetes por moneda fraccionaria, para depositar o retirar dinero de cuentas bancarias, para beber té o café o chocolate caliente o frío, para lustrar los zapatos…

… Los siseos en el otro lado de la puerta cada vez eran más distantes, flotaban entre brumas de color dorado profuso que siempre estaba a punto de alzarse y develar un paisaje que tendría que ser un paisaje del alma, interminable extensión desértica, algunos matorrales, luz reverberante…, me estoy durmiendo, alcanzó a pensar Eligio.

Eligio no supo dónde se hallaba. Tuvo que parpadear varias veces para ser consciente de que estaba en la pequeña ciudad de Arcadia, en un cuarto desplumado, con cortinas que muy poco mitigaban la luminosidad del día. Susana tenía la cabeza en la piesera y dormía como en estado de coma, con los párpados entreabiertos. Un hilillo de saliva humedecía la almohada.

Eligio se puso en pie torpemente. Él tampoco se había desvestido, ni siquiera se quitó los zapatos enlodados. Abrió una puerta y la luz lo cegó. Cerró al instante y trastabilló hasta encontrar otra puerta. Esa vez lo agredió la imagen absurda de un gringo corpulento con shorts y camiseta de la Universidad que trotaba por el pasillo. ¡Qué horror! Volvió a cerrar y finalmente encontró el baño. Entró en él ya con el pene fuera de la bragueta, y cuando salía un chorro pesado, espumoso, de orina, Eligio cerró la puerta y lo sobresaltó un ruido sordo, tumultuoso: ríos de partes mecánicas: tornillos, tuercas, aspas rotas, motores descuadrados y baleros saltantes avanzaban pesadamente. Era un ruido succionante, calificó Eligio cuando su miembro se relajó y pudo seguir orinando, con lo cual recuperó un poco de lucidez, la suficiente para saber que tenía un pronunciado dolor de sienes. El ruido venía de algún aparato oculto que succionaba el aire, aunque en el ambiente no se percibía ninguna alteración. Qué desagradable era. Se sacudió la cabeza y salió del baño, no sin antes beber largamente de la llave de agua helada. Con pasos torpes regresó a la cama, su mujer seguía en estado de coma.

La sacudió hasta despertarla, lo cual le llevó un buen rato. Levántate, Susana, dijo Eligio, tenemos que hablar. Primero tráeme un café, pidió Susana. Que te lo traiga tu abuela. Contéstame: ¿por qué te fuiste así de México?, ¿por qué no me dijiste nada? Oye, Eligio, orita no me estés molestando, déjame dormir, dijo Susana. Nuevamente reclinó la cabeza y cerró los ojos. Ni siquiera en tu trabajo dejaste dicho nada. Ni a tu mamá le avisaste, a nadie, qué poca madre; contéstame, con un carajo. Susana reabrió los ojos, controlándose, y se incorporó en la cama, sin ver a Eligio. Se puso en pie después y un poco como zombi avanzó unos pasos y abrió la puerta.

Ay, perdón, buenos días, dijo, en inglés, sonriendo torpemente, y cerró. Eligio ya se había levantado y la seguía. Dime, con un carajo, no te hagas la idiota, ¿a dónde crees que vas? ¡Al baño!, replicó Susana controlando a duras penas la irritación, ¿qué ya no puedo ni hacer *pipí*? Eligio mitigó su impaciencia dando unos golpes en la pared. Después se metió en el baño, tras su mujer. Cada vez estaba más tenso, y eso le daba una fiereza que trataba de no perder porque le permitía, o eso creía él, concentrarse, perseguir hasta lo último, no cejar hasta obtener lo que buscaba. Susana sostuvo su cabeza con las manos mientras orinaba. Ya conocías desde antes a ese pinche polaco, ¿verdad?, por eso viniste a esta ciudad, para encontrarte con él, ¿no es cierto? Dime dónde lo conociste. Ay Dios, Eligio, estás completamente obnubilado, no sabes lo que dices, musitó Susana al tomar un trozo de papel higiénico. Eligio enmudeció y vio, con los ojos resecos, los blancos muslos de su esposa cuando, para limpiarse, ella se irguió un poco; la imagen le resultó sumamente perturbadora, y descubrió que le gustaría muchísimo hacer el amor con Susana en ese mismo instante. Pero sería imposible, pensó, quizá nunca volvamos a acostarnos juntos otra vez, se dijo, controlando una oleada asfixiante de angustia.

Susana tomaba agua de la llave exactamente como él antes, hacía gárgaras y se echaba agua helada en la cabeza. Eligio se descubrió mirándola con intensidad, sin decir nada, parezco *perro*, pensó, un perro que sigue hasta el fondo de la barranca a una perra desquiciada. La sed nuevamente resecaba su garganta y volvió a beber, Susana también se acariciaba la frente y las sienes; después encontró los ojos de su marido y ambos se vieron tensos, acechantes.

Susana suspiró finalmente. Su voz emergió baja y suavecita. Mira, Eligio, ni creas que ahora vas a llegar a ordenarme lo que tengo que hacer y a exigir cosas, entiende que tú ya te quedaste atrás, y tienes que respetarme como soy, si me fui de México no fue para que llegaras a tronarme el látigo. Óyeme, yo no te estoy tronando ningún látigo. Por el amor de Marx, nada más te estoy preguntando por qué me abandonaste sin decirme nada. *Porque me dio la ga-na*, replicó Susana con la boca cerrada, chirriando los dientes. Ah no, ahora no te vas a poner como niña consentida, yo no vine hasta el culo del mundo para que salgas con que te dio la brama, ponte seria porque desde este momento te aviso que todo me importa madres, y si es necesario armar un pedísimo en este pinche rancho elotero te juro que lo armo, así es que empieza por hablar claro y sin insultos.

Susana lo miró, despectivamente, unos segundos y salió del baño. Eligio fue tras ella. La vio tomar asiento en la cama y él se recargó junto a la ventana. Estaba sudando, qué desagradable. Y la boca seguramente le apestaba, qué pérdida de galanura. Bueno, dijo, a ver, por qué te fuiste. Susana suspiró con fuerza, vio su derredor con la esperanza de que la salvara la caballería de los Estados Unidos y después se reclinó en la almohada. No sé, respondió, es la verdad. ¿Entonces nada más sigues cualquier impulso pendejo que se te viene a la cabeza? Dime la verdad, Susana, esto lo pensaste *muy bien*. ¿Ya no me quieres? Dímelo derecho, y ya estuvo. No, no te quiero, dijo Susana, enfática. ¡Puras mentiras! ¡Cómo que no me quieres! ¡Claro que me quieres! ¡Por eso te fuiste! ¿Me fui porque *te quiero*? Bravo, maestro, qué bien te explicas. No me maestrees, Susana. Mira, vamos a decirlo así: me abandonaste, explicó Eligio lentamente, muy inseguro también, porque sabes que me quieres, y eso te obliga a ciertas cosas, pero ya estás hasta la madre de mí, por otra parte, ya estabas hasta la madre de todo, y por eso te fuiste, pero a donde vayas es lo mismo, porque la bronca no está en mí ni en nadie sino en ti. Oye, resultas patético de sicoanalista, mídete, ¿no? Es que no entiendo, Susana, exclamó Eligio, te juro que no entiendo entonces, ¿no te pusiste a pensar cómo iba a reaccionar yo cuando te fuiste? Me pegaste un susto del carajo. Primero ahí estuve esperándote como imbécil, y cuando vi que no llegabas te busqué por todas partes, por supuesto hice la visita de las siete delegaciones y hospitales y cruces, hasta al locatel hablé, y sólo hasta entonces me empezó a latir que ya habías volado, te juro que de pronto me di cuenta clarito: este pájaro ya voló, y lejos además. Primero creí que te habías ido con algún tipejo, que habías conocido a alguien desde mucho tiempo antes y que te veías con él sin que yo me diera cuenta y que los dos habían decidido irse a la mierda.

Susana veía a su marido con atención; finalmente Eligio había logrado encadenarla a sus ideas y en ese momento ella lo escuchaba conmiserativamente: no, con simpatía, y Eligio le estaba gustando mucho: desfajado, con manchas de lodo, sin rasurar, los ojos inyectados y el corazón a la intemperie. Eligio recordó la única vez que ella lo dejó; tenían cuatro años de casados; Susana se fue a una casa de huéspedes y él tardó más de un mes en encontrarla; esa vez disputaron a gritos, y después hicieron el amor con rabia, desesperados, como si hacer el amor fuera flagelarse, llorar ininterrumpidamente, el fin de un mundo frágil, membranoso, ardiente, adherente, una zona intermedia entre la vida y la muerte. Sin darse cuenta había preguntado *¿y qué hiciste después?*, y Eligio le decía que estaba seguro de que alguien sabía a dónde había ido ella, siempre hay alguien que sabe, ¿no?, y que él encontraría a ese alguien, pero antes dejó bien arregladas las cosas: Julio Castillo lo había invitado a una obra de teatro y tuvo que decirle ni modo, gordito, no iba a poder trabajar con él, y tanto que se había emocionado con esa obra de teatro, ya llevaba más de medio año con esos trabajitos en *La Hora Nacional*, doblajes infamantes y uno que otro capítulo de telenovelas; después, Eligio cobró a todos los que le debían dinero, no era mucho pero era, y abría zanjas oscuras, en realidad lo que hizo fue reunir un capital, porque sabía que tenía que abastecerse para un sitio prolongado. Nunca le dijo nada a Susana, porque iba a ser un sorpresón, que había estado juntando lana desde poco después de que se casaron, en especial en aquella racha tan buena de películas que agarró filmando cuando llovían papeles pa' los prietos, a él mismo le daba como risa ir al banco a depositar en una cuenta de ahorros, que cuando creció se convirtió de plazo fijo, porque eso le recomendó Julián, el que trabajaba en Programación y Presupuesto, y él estaba a punto de renovar la cuenta cuando este mismo Julián le dijo que sería el pendejo más grande del mundo si no cambiaba su feria a dólares, y él lo hizo, poquito antes de la devaluación: casi treinta mil dólares. Eligio había estado guardando ese dinero para dar un volteón por el mundo, ya que jamás habían ido al extranjero.

Bueno, sí, dijo Susana, te las viste muy duras, pero perdóname, eso no me preocupa gran cosa, simplemente, y esto escúchalo bien porque tienes que entenderlo muy bien, pero si no entiendes, lo siento: es tu problema y yo no voy a desvelarme por nada de eso; mira, yo sabía que este viaje a Estados Unidos iba a ser mi liberación. No tanto porque representara algo *monumental* en mi carrera de escritora; más bien, yo necesitaba alejarme de todo, circular por lugares donde nadie me conociera y renovar o reactivar mis procesos de crecimiento, ser yo misma, pues, pero no tan simplistamente como tú lo planteas, en realidad no se trataba de que tú no me dejaras ser, nunca fuiste una peste en ese sentido, aunque la verdad, Eligio, es que ya estaba *muy* cansada de verte llegar con tus amigotes en las noches y de oírlos beber y carcajearse y contar siempre los mismos chistes malos. Óyeme no, mis cuates y yo a lo mejor no te hacíamos gracia, pero pendejos y cuadradotes no éramos. Bueno, lo que te estoy diciendo es que necesitaba estar sola, ver las cosas desde la perspectiva de mi propia individualidad, sin tener que compartir contigo, o con quien fuera, cada libro, cada película, o el disgusto de que algo me sacara de onda, o de que alguien no me diera mi lugar, incluso necesitaba estar sola para *escribir*. Pues antes de que te fueras te vi bien metida escribiendo como loquita, y yo no parecía estorbarte, ¿o sí?, hasta me puse bien contento, creo que nunca te había visto trabajar así. Bueno bueno, te estoy explicando por qué me fui, ¿no lo puedes comprender? Sí sí, lo entiendo, pero de veras estoy seguro de que para que seas tú misma me necesitas a mí, ¿no te das cuenta, criatura?, pero eso no lo vamos a discutir orita, *pérate pérate*, nomás quiero decirte que lo que no entiendo es por qué tenías que hacer todo a la sorda, en secreto, carajo, si me hubieras dicho cuál era tu pedo, todo esto que me estás diciendo ahorita, yo no te habría presentado problemas, o no muchos, y te habría dejado venir sola aquí, hasta el culo del mundo. Ves cómo no entiendes nada. Eligio, ¿no te das cuenta de que nadie tiene que *dejarme* hacer las cosas? Lo que necesitaba, lo que necesito, es tomar mis propias decisiones, y llevarlas a cabo, ¿no te puedes dar cuenta? Sí, sí me doy cuenta, pero estás confundiendo todo, ¿por qué vivir conmigo te impide tomar tus propias decisiones? Por supuesto que puedes estar casada y ser tú misma, precisamente ése es el chiste de casarse; más bien, yo creo que estabas hasta la madre de todo, de *todo,* de mí primero que nadie, de tu familia, de tu trabajo, del país, oye, yo comprendo que la gente necesite largarse de México, incluso estoy de acuerdo con los que dicen que es una necesidad *insoslayable*, pero, ¿así? ¿A huevo tienes que quemar las naves, borrón y cuenta nueva? Pues sí, ¿no? Pues no. ¿Por qué no, a ver, por qué no? Porque no funciona, Susana, no te das cuenta, ¿no ves que aquí estoy yo, contigo, después de viajar casi un día entero?, ¿ves cómo no se puede decir nada más adiós-mundo-cruel y como por arte de magia ya se olvidó todo? No, señor. Es que tú eres uno de los tipos más obcecados que hay en el mundo, interrumpió Susana, irritada; nunca me imaginé que me siguieras hasta este lugar. ¿De veras?, preguntó Eligio, interesado, mirando fijamente a su esposa, ¿qué te imaginaste? ¿Yo? Sí, tú, ¿qué imaginaste que yo haría? No sé, supuse que me buscarías un tiempo, y que después te irías olvidando de mí. ¿Así de fácil? Sí, ¿no? ¡Pues *no*!, gritó Eligio, dando un golpazo en el mueble, ¿ves cómo después de vivir juntos siete años tú no me conoces para nada? ¿No te fui a buscar hace más de tres, cuando te fuiste a esa ridícula casa de *huéspedes*? ¿Y por qué fui? ¿Te acuerdas? Carajo, porque te quiero, Susana, te amo, hasta la ignominia, como dice la canción, ¿no te das cuenta? No no, Eligio, tú crees que me quieres pero no me quieres, estás acostumbrado a tener una criada que te haga todo porque nunca has dejado de ser un niño consentido. Puta, entonces me agencié la criada más cara y huevona del siglo, porque tú, chulita, no eres precisamente una abnegada cabecita blanca mexicana: siempre tuviste criada, ¿no?, jamás hiciste de comer, ¿no?, nunca quisiste tener un hijo, ¿ya se te olvidó? ¡Eligio! *Tú* eras el que no quería tener hijos, acuérdate, y tú siempre insististe que tuviéramos *criada*. Bueno, es que si no hubieras salido con la ondita de que yo era un macho mexicano, por eso desde un principio jamás te jodí con que trapearas o plancharas o barrieras, te juro que hasta miedo me daba cada vez que surgía un pleito entre nosotros, y por eso *miles* de veces yo fui el pendejo que lavó los trastes y barrió la alfombra y tendió las camas, y ¿sabes qué? Estoy de acuerdo en que todo eso no es el trabajo más creativo del mundo, ¿no?, pero tampoco es algo tan *vil*, por eso cuando yo lo hice fue con *mucho gusto*, te juro que hasta me gustaba andar barriendo la sala si antes ponía un disco de Santana para agarrar buen ritmo. Siempre tuve *terror* que me fueras a acusar de macho mexicano, y exactamente eso es lo que ahora me estás diciendo, ¡qué país! Es que ves las cosas con un simplismo espectacular, Eligio, todo es mucho más complejo, la verdad es que, aunque lo niegues, crees que yo no sirvo para nada, ¿no te viniste hasta aquí como si yo no pudiera cruzar las calles sin que alguien me lleve de la mano? Otra vez estás confundiendo el culo con las témporas, Susana, vine a buscarte porque ni siquiera te despediste de mí. Pero por qué tenías que venir, por qué demonios no podías quedarte en México con esas viejas locas amigas tuyas, actricitas taradas, bola de estúpidas, sin cultura, les dices Anaïs Nin y creen que es una marca de *perfume*. Ya te dije que vine hasta el culo del mundo porque desde que te conocí, como dice la canción, supe que tú eras mi dama, la que me correspondía hasta los últimos segundos de mi vida, por la que tendría que luchar contra mil obstáculos hasta que tú entendieras que somos lo mismo, tú y yo, y que huir de mí en realidad significa huir de ti. Pues mira, niño, no era ninguna maravilla *ser tú* cuando estabas todo estancadote, bebiendo como cerdo en engorda, sin progresar para nada. Ésas son proyecciones, Susana, y gruesas: yo no seré la gran estrella pero ahí la llevo, y bien, además, *tú* has de haber sido la que se sentía estancada y apuesto que de todo eso me echabas a mí la culpa.

¡Bueno, *ya*!, exclamó Susana poniéndose en pie, sumamente irritada, ¡ya te dije que no quiero hablar de nada de esto! ¡Pues te jodes, yo no vine a bajar las orejas, a aplaudirte cada pendejada que dices! ¡Vamos a aclarar todo este desmadre pase lo que pase! ¡Pues ya no quiero hablar, estúpido, ya me tienes hasta aquí!, gritó Susana, y buscó algo para arrojarlo, pero la televisión pesaba mucho y estaba en el suelo, y se conformó con una lámpara que estrelló violentamente. Eligio logró esquivarla, de un salto se colocó frente a Susana y le dio una bofetada fuerte, seca; alcanzó a ver que los ojos de Susana se empequeñecían y que los dedos se curvaban para atacarlo. Eligio le detuvo los brazos y ambos lucharon sordamente unos instantes hasta que, sobresaltados, se soltaron al oír toquidos en la puerta de la cocina. Susie, Susie, are you all right?, preguntó una voz femenina. Pinche gorda, pensó Eligio, por qué tiene que andar metiéndose donde no la llaman. It's all right, respondió Susana, y a Eligio le pareció lo más grotesco del mundo oírla hablar en inglés. ¡Su*sie,* qué mierda!

Susana relajó su cuerpo y empezó a llorar quedamente. Volvió a recostarse en la cama. Se odiaba por llorar. Eligio fue a la puerta e, impaciente, puso el seguro. Del otro lado seguramente se hallaba un pelotón de escritores convocados por los gritos. Tomando notas. Bufó, más que suspiró, y se enfrentó a Susana. El llanto de su esposa tenía la virtud de exasperarlo aún más. Ella casi nunca lloraba, y cuando ocurría era por desesperación, impotencia ante algo que no cedía. Eligio trató de calmarse y vio hacia afuera: el sol brillaba sobre el río y los árboles.

Regresó a la cama. Susana, ya cálmala, ¿no? No chilles, ya sabes que me encrespa verte chillar, no pierdas la galanura, tú no eres de esas poetisas lánguidas que se estremecen con cualquier pedo que se echa Jaime Sabines. Susana no respondió, pero Eligio pudo ver que el llanto amainaba. Mejor vamos a calmarnos y a ver las cosas como debe de ser. Mira…, ¡óyeme, te digo!, agregó, reprimiendo la impaciencia; mira, yo estoy dispuesto a regresarme a México si en verdad veo que es lo necesario, pero no porque tú, toda histérica, me mandes a volar. Así no. Aliviánate, mujer, ya párale. Está bien, concedió Susana alzando el rostro y conteniendo las lágrimas, *tú y yo* vamos a pararle ya al Gran Teatro del Mundo. Estás actuando, Eligio, no te hagas el caballero sereno y sensato; en el fondo quisieras que en vez de pared de pronto apareciera un teatro lleno de gente, como en la película de Buñuel, y que todo mundo se soltara aplaudiéndote. Qué te pasa, si ya tenemos público, comentó Eligio, señalando la cocina con la barbilla. Además, *yo no* estoy haciendo teatro. Bueno, qué quieres que te diga, ay Eligio, vamos a desayunar, ¿no?, ahí nos echamos el siguiente round. Espérate, orita vamos. Quiero que me digas cuál va a ser la onda ahora. Ya estoy aquí. Y quiero quedarme contigo hasta que regresemos a México, cuando se acabe todo este circo. Pero, ya te dije, si en verdad quieres que me vaya, me voy, te dejo por la paz, y nos divorciamos o lo que quieras y ahí murió todo. Pero ésa no es la onda, Susana, Susana, ¿por qué no tenemos un hijo? Ay *Dios*, suspiró Susana, ¿ves cómo quieres recurrir al viejo truco de embarazar a la señora para que se quede toda inflada, sin salir de la casa, y luego ande dándole de mamar al bebé mientras el hombre se la pasa a todo dar? Susana, carajo, te estás meando fuera de la bacinica, ¿cómo puedes ser tan insensible? Tener un hijo no tiene por qué ser una ruina, tiene que ser un *ondón*, carajo, entre los dos lo cuidamos y lo educamos, yo no te voy a dejar sola, y después nosotros vivimos nuestra vida y él la suya, tal como indica la Madre Natura. Él…, se dijo Susana, asqueada, este tarado ya decidió que tiene que ser hombre. Mira, aseveró, no vamos a discutir si vamos a tener hijos o no. Oquéi oquéi, pero vamos a ver qué va a pasar. Quiero que me expliques cómo están las cosas con ese pinche polaco pendejo hijo de su rechingada madre, ¿andas con él?, ¿es tu amante? Oh, no empieces con esas cosas, pidió Susana, con un dejo de fastidio. ¿Cómo lo conociste? ¿Aquí? ¿De veras no lo conociste antes? Claro que lo conocí aquí, ¿dónde si no? Susana se dio cuenta de que se hallaba muy nerviosa, sus manos sudaban copiosamente, su corazón palpitaba con furor, incluso la respiración parecía dificultársele; por fracciones de segundo vio a Eligio y supo que él se hallaba igual, y lo supo porque, de unos meses a la fecha, eso sucedía cada vez que mencionaban la posibilidad de que alguno de los dos se interesara por otro. Eligio y Susana se acomodaban juntos, tal como en ese momento Eligio se había recostado junto a ella, y no se miraban, simplemente tomaban cigarros, fumaban y los dos trataban de controlar la respiración y esos malvenidos sudores de la mano, para que el otro no se diera cuenta. Pero, por supuesto, se daba cuenta. En ese momento Susana tomó un cigarro y vio que Eligio sacaba su cajetilla de Delicados y fumaba con intensidad. Susana sonrió levemente al ver los cigarros y comprendió que quizá en parte Eligio tenía razón, se hallaban atados por mil pequeños lazos invisibles, imperceptibles incluso a ellos mismos; se conocían muy bien o, al menos, pensó, conocían muy bien ciertos aspectos del otro: era tan fácil adivinar qué haría Eligio, era tan fácil la comunicación y a veces, no había duda, se integraban de una manera portentosa por lo fácil y natural… Hizo a un lado estas ideas absolutamente inaceptables en ese momento, estoy flaqueando, pensó relampagueantemente, y supo entonces que se moría de ganas de platicarle a Eligio todo lo que había estado ocurriendo con el polaco, quien, por otra parte, no era ninguna maravilla como poeta, pero… Eligio la podía escuchar, quizá hasta podría llegar a *entender*, después de todo era uno de los mejores amigos que había tenido.

Bueno, a ver, pidió fumando nerviosamente, qué quieres que te diga. *Todo*, sólo así puedo saber dónde estoy parado, si me voy o no. Qué te traes con ese mono. *Eligio*, no estás en una telenovela, habías de ver la cara que haces, hasta te sale voz de actor de a peso. Ese hombre es como cualquier otro. Guardó silencio. Eligio también lo hizo y se concretó a mirarla. Está sudando, advirtió Susana, *está excitado*, consideró después, y experimentó una fuerza extraña, mercurio ascendente, que la hacía sentirse llena de poder. Pero no: más bien Eligio era un pobre niño desamparado que espera que le den permiso de quedarse con esas buenas personas que lo recogieron y se arruinaron repentinamente. ¿Era ella la que se excitaba? Ese pensamiento la puso muy seria. Bueno, dijo con dificultad, desde el primer día me presentaron a Slawomir/*¿Qué?*, interrumpió Eligio, ¿cómo se llama ese buey? Ssslaawoomir…, repitió Susana, frunciendo el entrecejo. Él también había llegado ese mismo día y a los dos nos llevaron juntos a todas las idioteces que hacen aquí, sienten que eres un pobre naco que no ha salido del rancho y te quieren llevar de la mano a todas partes. No divagues, pidió Eligio, también muy serio. Bueno, pues lo conocí, ¿no?, y nos hicimos amigos. ¿Amigos nada más? Eligio, por Dios, pareces novio de preparatoria. Me gustaría filmarte para que después te vieras, te juro que das lástima. Cómo que doy lástima, exclamó Eligio, muy molesto; tú das lástima con tus caprichitos de niña consentida de clase media, pérate, yo nomás quiero que me digas qué te traes con ese tipo. ¿Es tu amante? Contéstame. Te juro que pareces detective de película *mala*. Sí, ya sé que siempre tienes lista una etiqueta para todo lo que te digo, en vez de responder. Contéstame. Susana guardó silencio unos instantes. Su rostro pareció apagarse, toda su energía hizo implosión, como hoyo negro, y miró a Eligio, dubitativa. Bueno, dijo, la verdad es que Slawomir sí me atrajo, y sí, sí, añadió con voz baja, sí me acosté con él, si eso te pone feliz, finalizó agresivamente. Cómo que me hace feliz, nada de esto me hace ninguna gracia, respondió Eligio; se hallaba muy pálido y había encendido otro cigarro. Pero por qué lo hiciste, dímelo, ¿no pensabas en mí para nada? Eligio, se te olvida que tú ya te habías quedado atrás, en México, ya eras un recuerdo para mí, yo no sentía ningún lazo de ningún tipo contigo, lo más normal es que conociera a otras perso-nas, ¿no? Realmente de eso no me puedes culpar. Nadie te culpa de nada, ya estás grandecita y fuiste a la universidad, pero dime una cosa que me preocupa mucho: ¿anoche, des-pués de que me encerraste, te fuiste con él a coger? Susana miró a Eligio unos segundos, sin responder; se hallaba muy sombría y con una irritación que difícilmente podía controlar. ¿Para qué lo fuiste a ver?, insistió Eligio y, fugazmente, Susana pensó que era un caso patético; no sabía, en verdad era tan ingenuo que no sabía lo ridículo que resultaba haciendo esas preguntas, no sabía cuán banal, vulgar, estúpido hacía que fuese todo. ¡Contéstame!, rugió Eligio, y Susana no pudo controlarse. ¡Eligio, eres un *pendejo*! ¿Cómo crees que me fui a coger con él? ¿Entonces a qué fuiste?, preguntó Eligio nuevamente, sintiéndose arder; de pronto toda la fuerza quería desplomarse, derretirse en segundos. ¿A qué crees?, replicó Susana, exasperada, ¿no viste que Slawomir no fue a la fiesta? Él no sabía que tú habías llegado, y fui a decírselo, es lo menos que podía hacer. Susana se mordió los labios al recordar que el polaco no respondió una sola palabra a todo lo que ella le dijo, se concretó a mirarla con una expresión que comenzó en algo que parecía irritación pero que al final era tan neutro que le daba miedo. Seguramente le dijiste que tenían que disimular un rato en lo que te deshacías de mí, ¿no?, o algo así. ¡Eligio, te digo que me exasperas! ¿Cómo puedes ser tan paranoico, tan… inseguro, tan débil, tan convencional? De veras no sabes lo triste que te ves. ¿Y el polaco qué?, bramó Eligio, él no es inseguro ni convencional ni naco como yo, por supuesto, ¿qué te dijo, *eh*? No te apures, nalguita, ya nos las arreglaremos para seguir cogiendo. ¡No seas vulgar, por amor de Dios! Bueno, sí: soy vulgar, ¿y tú qué? Te crees muy exquisita y no te das cuenta de que eres igual a esas pinches señoronas que después de jugar *canasta* se van con sus amantes para que, comillas, la vida no sea tan convencional, se cierran comillas. Susana sonrió, no por lo que Eligio decía sino porque ya no lo veía patético, lo sabía endeble, desamparado, perdido. ¿En qué quedaste con él?, insistía Eligio, ¿terminaste con él? ¿Ya no lo vas a ver? Porque me perdonas pero no voy a admitir que lo sigas viendo. ¿Ah, sí? ¿Me vas a acusar con la directora del Programa? Cálmate, Susana, pidió Eligio con un tono sumamente grave, de veras cálmate porque te juro que este naco atávico ingenuo indio patarrajada macho tlaxcalteca y actor de a peso va a reaccionar a la antigüita, y aunque me joda el resto de mi vida te juro que a ti y a ese pendejo les parto toda su pinche madre, concluyó, conteniéndose, casi apretando los dientes. Susana lo miró largamente: claro que sí, Eligio era bien capaz de llevar a cabo sus amenazas, estaba perfecto para un corrido: se moría donde quería, qué bonitos son los hombres que se matan pecho a pecho con su pistola en la mano defendiendo su derecho.

Con una frialdad que le sorprendía, Susana se dio cuenta de que todavía sería más ridículo y patético venir a morir a la miniciudad de Arcadia, con razón decía Ramón el argentino que éste era un cementerio de escritores. Y Slawomir era insondable, a duras penas le sacaba las palabras, toda la relación había consistido en ser demolida bajo esa corpulencia y en pasarse cosas que leer y tazas de café o manzanas. Eligio no tenía un solo vello en el cuerpo, o casi, era indio declarado: prieto, lampiño, pero de facciones finas, atractivas, pero era demasiado externo, estallidos de carcajadas, estridencia continua, no se le puede sacar a la calle. Slawomir no reía o lo hacía hacia dentro, en contracciones como hipo, una risa lúgubre y seca. Era violento, aunque jamás había explotado. De pronto su pensamiento se desconectó. Susana tuvo la imagen de un departamento en el piso veintidós de un edificio. Allí estaba ella, entre tonos encarnados, la ciudad con la luminosidad velada.

Está bien, Eligio, empezó a decir, y descubrió que su voz salía ligera, brillante; no tienes que demostrarle a nadie que eres muy macho; está bien, añadió, y supo que estaba de buen humor; mira, Eligio, desde anoche le dije a Slawomir que ya habías llegado y que las cosas entre él y yo se cancelaban, así es que ese asunto ya no te debe preocupar, ¿contento? Eligio sonrió, un tanto fatigado, mientras encendía un nuevo cigarro que no le supo bien, ¿sabes qué?, dijo, ese cuate no se llama así, se llama Polaco Pendejo, y qué bueno que ya no lo volverás a ver porque te juro que desde que lo vi me cayó en el caracol del ombligo, ¿cómo puede ser de Polonia?, ¿no se supone que en Polonia todo mundo se está muriendo de hambre? Este cuate debería estar como palillo, y en cambio míralo, es fuerte y rozagante, ese bebé se la ha pasado entre puras sábanas de seda, apuesto que ha de ser de la mera cúpula burrocrática, y por eso siempre ha tenido caviar de sobra.

Los ojos de Eligio brillaban con un destello daimónico, pero estaba bromeando. De cualquier manera, Susana prefirió no seguir con el tema y sólo se concretó a sonreír. Eligio ya se encontraba junto a ella, y la besaba, le acariciaba los senos. Ella trataba de concentrarse en responder las caricias pero le costaba trabajo, no porque se hallara incómoda o no tuviera deseos, sino porque no podía dejar de recordar las manos enormes, casi cuadradas, del otro, esa corpulencia aplastante y vellosa; Eligio era robusto, de buen cuerpo, habían calificado algunas amigas de Susana, pero junto al otro resultaba pequeño, ligero, y Eligio la besaba de una manera diferentísima... Más bien, el polaco no la besaba nunca, sólo tocaba pesadamente a Susana, sus manos eran planchas de hierro; Eligio, en cambio, parecía una seda, algo etéreo, incorpóreo; transitaba por su cuerpo con facilidad, en silencio, y después, cuando la penetró, Susana se dio cuenta de que no la llenaba, y tuvo que moverse con brío, haciendo uso de sus músculos vaginales, hmmm qué rico, susurró Eligio.

Después, Susana y Eligio quisieron darse una ducha, pero el baño estaba ocupado, carajo, qué pésima ondita esa de compartir los baños, se entiende un poco más, pero no mucho, que los deptos compartan las cocinas, pero no los baños, eso sí se me hace difícil de admitir en este Gran País de la Cagada, comentó Eligio. Regresaron a la cama y Susana comentó que ese día el Programa había organizado no sé qué evento, y ya no había ido por quedarse cogien-do toda la mañana, y con su propio marido, qué degenere, qué perversidad, depravación & corrupción. La sudafricana

Joyce salió del baño finalmente, esa Joyce *nunca* se para por el Programa, casi ni va a las sesiones, y cuando llega a ir la descarada sólo va a aprovisionarse de refrescos y cervezas, una vez incluso tomó dos botellas de vino de *litro y medio;* por supuesto, la gente del Programa no simpatiza con ella, pero no le dicen nada, al menos todavía, fíjate que una vez entré en su cuarto, porque a cada rato me está invitando, debe de estar de lo más sola, pero eso es lo que quiere, se siente importantísima, dice que recibe mucho fan mail y cosas por el estilo y nunca quiere ir con los demás, supongo que a veces le debe dar el carcelazo, siempre se la pasa encerrada, viendo la tele, y por eso invita a uno que otro, pero todos le huyen porque es bastante piedra, insoportable de tan presumida, pues me invitó y fui, ya ves que siempre acabo siendo la estúpida que se conduele del prójimo. ¿Ah sí?, será nueva disposición. Antes la veía nada más en la cocina, y siempre es un problema porque deja todo tirado, no quiere mover ni un dedo. Pues cuando me invitó entré en su cuarto y qué cuarto, Eligio, estaba todo revuelto, se ve que jamás pasa ni siquiera un trapito, ya no digamos que tienda la cama o que barra un poco, qué chiquero, Eligio, qué muladar, una vez entró también Becky, ¿qué Becky?, la flaca de lentes que es algo así como la capataz, o junior exec, del Programa y que es, bueno, pesadísima y de lo más criticona, bueno, pues Becky entró en el cuarto de Joyce, le fascina su nombre, no sabes, ¿y qué pasó cuando Becky entró en el cuarto de Joyce S. Buck? Pues a la gringa se le salieron los ojos al ver tanta mugre, te juro que de veras *hiede*, hay ratas, palabra. Casi como para corroborar todo lo anterior, cuando entraron en el baño vieron que Joyce había dejado en el retrete un depósito fecal tan desmesurado que parecía de vaca, así es siempre, nunca jala la cadena la condenada, a cada rato hay que llamar a la administración para que destapen el excusado, porque yo, como te imaginarás, no voy a ponerme a bombear la mierda de esta colega, ¿verdad?, ¿te acuerdas, mi vida, de cuando se nos llenó el departamento de Peyton Place con la mierda de todos los vecinos? Claro que sí, respondió Susana, recordando a fogonazos cómo se había tapado la cañería central del edificio, también llamado la Caldera del Diablo, y cómo se desbordó la taza del baño: primero fue un flujo constante que inundó el piso del baño, pero después, ¿te acuerdas?, eran gruesos mazacotes los que brotaban del cuerno de la abundancia, yo andaba como loco poniendo diques de periódicos en cada cuarto para contener el miércoles de ceniza, pues yo tuve que ir a cada departamento a pedirle a todo el mundo que por favor no hiciera ni del uno ni del dos porque todos sus haceres iban a dar a nuestro departamento, qué bárbaros, me veían como si estuviera loca, sí, esa vez en verdad llegamos a conocer los horarios fecales de los vecinos, el del seis a las ocho, el del nueve a las diez y media, qué horror, pero como dijo el filósofo chino Sun Sun: todo sirve, hasta lo que no sirve, pues yo creí que se trataba de algo terriblemente simbólico, jamás pensé que fuera casual, no puede ser casual que de repente a ti te llueva mierda del prójimo, sí, ¿verdad?, ¡claro!, era un poco como si a través de nuestra ordalía se redimiera el género humano, uy qué mesianismos, es que no he comido, pues a mí ya hasta se me fue el hambre, claro, con este temita de conversación, pero a mí no, ya me anda por reventarme mi primer desayuno gabacho, que no será ninguna maravilla, y olvídate de salsitas y chilitos y tortillas y bolillos, puro hash brown y catsup, ay Susana, qué bonitas nalgas tienes, mi amor, son cachondísimas, sí, pero mejor suéltame, Eligio, porque si no de aquí no salimos, pues no salimos, te jodiste, amiga, eres lo máximo, le decía, te quiero con toda mi alma, espérame, mi amor, ni siquiera me dejas agarrarte el tono, ¿de veras me quieres?, sí, vas a ver, Susana, qué bien la vamos a pasar de hoy en adelante.

Eligio decidió que era necesario tener en qué moverse. Susana le había explicado que el servicio de autobuses allí era casi nulo, claro, se entiende, aquí todo el gringaje tiene una o varias naves a la puerta, algunas muy cucas, no se puede negar. No, no se puede negar. Por tanto, si querían desplazarse quedaban en manos de la gente del Programa, que dos veces a la semana los llevaba a hacer compras en el supermercado, habías de ver qué danza, ahí vamos todos como buenos borreguitos, un dos, compra el detergente, un dos, los platos de cartón, un dos, el pan y los huevos, un dos, el exquisito gouda y las galletas, un dos, los refrescos y la leche, mientras la horrible bruja esa Becky, que te juro que me cae de la patada, nos arrea como ganado, un dos, firmar el cheque, ¡imagínate, yo firmando cheques! ¡Qué bajo has caído!, es que tan pronto como llegas aquí lo primero que te obligan a hacer es abrir una cuenta de banco, ¡qué país!, es la primera vez que tengo una cuenta de banco

83

en mi vida y se siente, no sé, bastante feo, ¿cómo pudiste tú tener dinero en el banco tantos años y meterlo en plazos fijos y comprar dólares como mal mexicano cara de perro?, pues ya ves: ese temible karma me tocó. Cada vez que he firmado un cheque siempre tienen que llamar a algún supervisor que revisa mi credencial hasta que se queda bizco, ¡el *Programa*!, ¿y eso qué demonios es?, *¡señor!*, les explica Becky, en esta ciudad de Arcadia *todos* conocen el Programa, los participantes han hecho sus compras aquí desde hace más de diez años. Un dos, niños, a la camioneta. ¿Qué crees? La primera vez que fuimos de compras yo no había desayunado, era mi segundo día en Arcadia, y bueno, me desvelé y tuve que ir al súper *bastante* cruda y con un hambre espantosa. Resultó que todos estaban igual: desvelados, crudos y hambrientos. La miserable Becky se negó a que desayunáramos y nos llevó al supermercado, que resultó un galerón como todos, sólo que con un frío espantoso, siempre ponen el aire acondicionado como para que te vuelvas témpano. Yo venía bizca del hambre, toda la calle por donde íbamos estaba llena de manzanos con manzanas, y no tienes idea de cómo se me antojaban. Y, ya en el súper, al pasar junto a las frutas y las verduras, vi una *manzana;* no pude aguantar: ahí mismo tomé una y me la fui comiendo, qué hambre tenía, Eligio, pero no sabía a nada, te lo juro, y eso que las manzanas que había ahí eran bien distintas a las de afuera, las del súper eran enormes, rojísimas, preciosas, como para Blanca Nieves/ Ha de haber sido un injerto de injerto de injerto. Bien, íbamos varios del Programa, y uno de ellos/ El *polaco*. ¿Eh? No, no, otro… me vio comerme la manzana y como él también andaba hambreadísimo allí mismo abrió una bolsa de pan y se empezó a comer una torta muy sui géneris, con queso, jamón y pepinillos, y al rato los chinos también empezaron a comer bonches de aguacates y trozos de queso, y un chavito del Programa, que iba con nosotros y que es más bruto que no veas, cuando nos vio se alarmó, estaba preocupadísimo, pobre *niño*. Aquí no pueden hacer eso, nos advirtió, si alguien de la tienda los sorprende los pueden enjuiciar. Y nos explicó que poco antes habían mandado a la corte a un *niñito*, ¿tú crees?, que se había robado unos dulces o unos hersheys, o algo así, y lo habían mandado a la cárcel dizque para *desalentar* que se cometan *hurtos*, aunque parezcan insignificantes. Claro, aquí la propiedad es sagrada, ¿no? No: nada es sagrado, todo es vacío. Al pagar tuve el primer problema con mi cheque, y bueno, Becky se tuvo que quedar conmigo en la caja aclarando las cosas. Cuando salimos al estacionamiento, a Becky casi le dio un ataque cardiaco al ver que los escritores, como buenos muertos de hambre, habían sacado trozos de pan, de queso, de jamón, carnes frías, mayonesa, mostaza y hasta cebollas y jitomatitos, y procedían a hacerse sándwiches, unos en el cofre de la camioneta y otros en el vil suelo. La pobre Becky no sabía qué hacer. Sutilmente trató de explicarnos que en Estados Unidos no se acostumbra que la gente haga picnics en las banquetas, para eso había parques o áreas especiales para meriendas, con mesas y botes de basura y baños y todo lo necesario para que las cosas sean limpias, higiénicas, *¡ya sabes!* Pero todos los del Programa estábamos comiendo como si hubiéramos ayunado cuarenta días, con sus debidas noches, y no había cómo pararnos. Pinches escritores... Los chinos sacaron sus frascos de salsa de soya, y el peruano, que es un show, ya lo vas a conocer, regresó a la tienda por más latas de refrescos y regresó echando pestes porque en ese sitio no vendieran ni cervezas, ni vino. Becky mejor huyó a la tienda, al ver que nadie le hacía caso, pero Elijah, en cambio, se comió varias tiras de jamón y se puso a platicar con uno de los chinos, lo cual se nos hizo rarísimo porque esos tipos no hablan con nadie, apenas con Wen, y siempre en *chino*.

Bueno, planteó Eligio, eso hace más necesario aún tener un coche. Sí, aquí en Estados Unidos si no tienes en qué moverte estás fuera de circulación, de veras out-of-service. Si no tienes coche y quieres ir a pasear el domingo, no puedes: no pasan camiones los domingos. O si vives lejos del centro y quieres ir al cine en la noche, tampoco puedes: después de las *nueve* ya no hay camiones, y los taxis, ¡uf!, pregúntamelo a mí, que me quisieron cobrar sesenta dólares del aeropuerto de Little Rapids al Kitty Hawk, ¿te imaginas? ¿Y qué hiciste? No pagué *nada*, la hice de taxi corrido. *¿De veras?*, preguntó Susana, muerta de la risa. Se hallaba muy contenta porque en realidad, o eso lo consideraba hasta ese momento, tenía más de cinco años que no paseaba con su marido: los dos solos, sin preocupaciones. Después de todo había estado muy bien que Eligio fuera a buscarla, ese programita ya la empezaba a fastidiar en ciertas cosas. Sí, necesitamos un coche, reflexionó Susana, para independizarnos. Esta gente siempre tiene cosas que hacer: la cena, el coctel, la fiesta, la visita a tal parte… Qué de pachangas, Eligio, cuál tiempo de escribir, tú aquí sí vas a estar feliz, porque las bebidas son siempre de primera. Sí es cierto, ese Jack Daniels de anoche estaba como quería.

Se hallaban en los terrenos de la universidad, en una gran avenida que después se convertía en puente al llegar al río. Yo no conozco bien por aquí, dijo Susana, es que los gringos tienen un sistema de orientarse con los puntos cardinales que nosotros, pobres subdesarrollados, tardamos en entender. Una vez me invitaron a una fiestecita unos muchachos del taller de literatura de la Universidad, que por cierto nos odian, no nos pueden ver ni en pintura, nos dicen el Circo de Rick, imagínate nomás qué intrigotas se han de traer entre ellos. ¿Y los de la fiesta? Ah, pues me dejaron unas instrucciones que decían: al sur por Main, este en Broadway, oeste en Dubuke, norte en Dodge. ¿Qué es eso, Dios mío? Eso fue exactamente lo que yo les dije.

Caminaron por el puente, pues aunque Susana avisó que podían tomar un autobús, realmente no sabía dónde, las veces en que he tomado camiones me he dado unas perdidas horribles. Es que, mi amor, eres media mensita para orientarte, pero yo, en cambio, me ubico rapidísimo en cualquier lugar, verás que en un par de días me la va a pelar esta ciudadcita y la vamos a recorrer como si siempre hubiéramos vivido aquí. Qué te pasa, toco madera. Susana, no exageres: está bonita la ciudadcita y la gente decente y formal que hay aquí. Pues a mí sí me gusta la ciudad, accedió Susana, se me hace formidable que hasta tenga un capitolio, parece que hace muchísimo, pero *muchísimo*, hace unos cuarenta años, Arcadia fue la capital del estado, pero tanto como quedarse aquí para siempre, eso sí no, ¿verdad?, ¡ni loca que estuviera!

Reiniciaron el camino y llegaron a una zona que Susana desconocía. Por allí absolutamente nadie caminaba en las calles, pues sólo en torno a la Universidad había peatones, explicó Susana, y eso sólo estudiantes, porque los demás toman el coche hasta para ir al excusado. Tuvieron que parar una patrulla, para preguntar cómo ir a la agencia de automóviles, no sin ciertas paranoias porque eran los únicos que caminaban por allí. Pero no hubo problema, en realidad poco faltó para que los policías los llevaran a la agencia, que, por otra parte, se hallaba del otro lado de la curva que hacía el río. ¿Te fijas?, comentó Susana, qué amables, ¿no?, sí, en México, chance, nos hubieran atracado, aunque, te diré, estos tecos tienen menos moscas alrededor pero te apuesto a que también pueden ponerse gruesísimos, ya ves en el sesenta y ocho cómo aplastaron a los chavos; chance hasta en esta ciudad mazorquera también hubo broncas.

En la agencia de automóviles, Eligio tuvo que cerrar los ojos ante los modelos flamantes. ¡Qué naves!, repetía, éstos sí son coches, no mamadas como las que nos dejan ir en México estas mismas compañías, y a qué precios. Eligio había comprado ya una calculadora de pilas y la hizo funcionar para constatar que en México los automóviles costaban hasta cuatro veces más. Finalmente escogieron uno viejito, un chevrolet Vega, que parecía bien cuidado a pesar de que tenía nueve años de circular y muy posiblemente varias vueltas en el cuentamillas, ¿te crees tú que nada más tenga recorridas sesenta mil millas? No sé, Eligio, ¿cuántas son sesenta mil millas? Sepa la chingada, ¿a cómo está la milla? Ay Dios, no sé. Espero que el kilómetro no esté flotando ante la milla, como el peso frente al dólar, porque si no estamos bien hundidos. Sí, estamos hundidos. Un vendedor profesionalmente dinámico se les acercó, camisa de cuadros, manga ivy league, pantalón a rayas y chicle en la boca. Hola, amigos, yo soy Fred. Quihobas, Fred, ¿cuánto quieres por esta reliquia? Te doy cien dólares y no digo quién me la vendió. ¡Ah, esos mexicanos tenían buen sentido del humor! ¡Y Fred *adoraba* el sentido del humor! Y yo, del furor, dijo Susana. El vendedor disertó acerca de las noblezas del Vega y los instó a que fueran a dar una vuelta. Eso hicieron, y enfilaron por la avenida que costeaba el río, m'hija, qué te parece si nos chingamos esta nave, propuso Eligio metiendo el acelerador a fondo. Estás *loco.* ¿Cuál loco? Mira, ese fredcito del chicle no sabe quiénes somos, nomás le dijimos que somos mecsicanous, ¿no?, muy bien podemos arrancarnos a otro estado y ni quién se dé color. Eso te crees tú, aquí te pescan fácil, y no es como en México: no sales con ninguna mordida. Qué mal, qué mal, concluyó Eligio, pero seguía de espléndido humor, junto al río, que en esa parte era recto y dejaba ver, a los costados, una infinidad de comercios. Quién sabe qué sea más monótono, dijo Susana, si la planicie del campo o la planicie de las ciudades. Todas las que había conocido, y el Programa ya los había llevado a varias de ese estado, eran idénticas, con la misma sucesión de comercios y letreros bordeando la anchísima entrada de las cities. Oye, linda, todavía jala esta tartana, está mil veces mejor que el pinche renol de cagada que tenemos en México, no tiene ni cuatro años y con cualquier pendejada se calienta, ¿no?, dijo, no agraviando a los presentes. ¡No seas imbécil!, rio Susana. El auto les pareció bien porque arrancaba, avanzaba, frenaba y el radio funcionaba, ya que hasta allí llegaban los conocimientos automovilísticos de los dos. En la agencia, Eligio regateó con determinación, y logró que le dieran el auto en mil dólares, impuestos incluidos, eso sí: as is, sin garantía ni posibilidad de queja, pero te aseguro, amigo Elllihjjiou/ *Eligio,* pronuncia bien mi nombre, Fred. Bueno, amigo, te aseguro que estos Vegas salieron finísimos, state-of-the-art. A ver si no nos la dejan irineo, comentó Eligio, en español, a Susana. Después, el vendedor materialmente se horrorizó cuando vio en la mano de Eligio un buen fajo de billetes para pagar, por Dios, mexicano, no andes por las calles con esa cantidad de dinero, aprovecha que ya tienes tu auto y vete a guardar tu dinero en un banco. Mira tú qué pinche gringo tan metiche, comentó Eligio cuando salieron de la agencia, qué le importa lo que yo haga con mi dinero. Es que para ellos lo más normal del mundo es que engordes toda tu vida a los banqueros.

Eligio decidió manejar a la deriva, dando vueltas en calles llenas de pinos de muchas variedades, sauces llorones y manzanos, es padre perderse, ¿no?, comentó Eligio, de vez en cuando. Recorrieron la ciudad por distintos rumbos, pero como era pequeña, a cada rato se volvían a encontrar en el centro: el capitolio, la Universidad, los comercios más caros. Pues sí, está bonito el rancho, admitió Eligio, pero pa' mi gusto está demasiado limpio, coño, aquí han de esterilizar hasta las banquetas, ¿no?, agregó Eligio gargajeando soezmente por la ventanilla, siempre hace falta aunque sea un buen perro; muerto, claro, pudriéndose en la calle. Eligio, aquí no hay perros, te juro que no he visto ni uno. Y aquí no se los comieron, como en China, quién sabe cómo los exterminaron. Ya no hay perros en Estados Unidos, el único que queda es Snoopy. Nomás no pueden andar sueltos, te multan hasta con cien dólares si tu can se va a dar una vuelta. Y si tú lo paseas con cadena y hace caquita y no la recoges, your're doomed!

¡Nunca me falla la brújula!, alardeó Eligio cuando vio que llegaban a un almacén K Mart frente al cual se hallaba una tienda de licores. Eligio se surtió de botellas de ron: ya había probado las cervezas, nefastas, nefastas, y aunque había Bohemias la cosa no era para tanto. De allí fueron al gran centro comercial de la ciudad, el afamado the Mall, porque no estaba lejos, y porque de una vez por todas tenemos que pagar el tributo a la región, ¿a qué se viene al Gabacho? A comprar, ¿no? ¡Pues compraremos! ¡Si París era una fiesta, recitó Susana, Estados Unidos era una tienda! El centro comercial constaba de un gran Sears, y de varias tiendas de todo tipo. Estaba lleno: todo el largo pasillo central pululaba de gente de todas las edades, algunos comían hamburguesas en las bancas y otros tomaban helados, y en los locales había un movimiento incesante de compradores con bolsas vistosas o paquetes de cartón. Con razón no hay nadie en las calles, descubrió Eligio, todo mundo está aquí. Sí es cierto, sólo en la Universidad se ve gente pero no se compara con la que hay aquí, parece que regalan las cosas. ¿Regalan? Estas tiendas son las más caras, pero la gente viene aquí porque ya sabes: no importa lo que compras sino el hecho de comprar. Están locos. Eso también lo sabe todo mundo. Al pobre Eligio se le quemaban las ansias por ver las cámaras fotográficas y los equipos de sonido, ay mi amor, mira nomás qué chulada de aparatos, y nosotros con el modular de a peso que tenemos allá, a como dé lugar tenemos que llevarnos algo bueno, ¿no crees? ¿Sí? ¿Y cómo lo vas a pasar? Pues a ver cómo, porque de que la gente pasa las cosas eso que ni qué.

Quieren que la gente no le llegue al contrabando pero te dan pura basura. Y carísimo. La industria en México es lo más subdesarrollado. En cambio aquí mira, carajo, agregó Eligio y puso a funcionar su calculadora, ¡Susana, no es posible, este amplificador padrisisísimo cuesta quince mil maracas *a la nueva paridad*, échate ese trompo a la uña! A mí me gustan los equipos chiquitos. Sí, están efectivísimos, y dicen que suenan increíble, incluso mejor que muchos grandes. Éste sale en veinte mil, tú, el equipo completo. Se asombraron también al ver que desconocían tantas cosas, aparatos deslumbrantes con todo tipo de luces, botones, palancas y memorias: modeladores de sonido, expansores de frecuencia, inhibidores de contracción, generadores de prevenciones, sensibilizadores ecualizantes, contorneadores de respuesta oblicua, reverberadores de contingencias acrónicas, ¡y mira las teleras gigantes!, se ven efectivísimas, ¡puta, están pasando *Supermán*!, y a Eligio le costó trabajo no sentarse a ver la película entera. *Tenía* que comprar algo y se decidió por una grabadora estereofónica de audífonos, se oye sensacional, esta mirruña le da las mil y las malas al de la casa. Compraron dos pares de audífonos para oír la música juntos.

¡Ya nos embarcamos!, rio Eligio, repentinamente lleno de energía, trepado en la moto y con el casco puesto, ahora vamos a tener que comprar unas cassettes porque si no con qué vamos a oír esta madre. Yo tengo unas en el cuarto. Sí, *ya sé:* muzika tradixional polacocacola, murmuró Eligio, llegando tiras esa basura. Todo es posible, respondió Susana. Pasaron a la tienda de discos y compraron, porque estaban más baratos que en México, discos de Gieseking, del paisano Eduardo Mata, de Satie, de Poulanc y los seis preludios para piano de Shostakovich. Pero qué riegue estamos dando, consideró Eligio, ¿con qué vamos a oír discos?, pues con el tocadiscos que tarde o temprano vas a comprar, ya te conozco, je je, ¿tú crees?, pero ahorita hay que llegarle a las cassettes; eso hicieron y adquirieron música de Schubert y *Las siete palabras,* de Haydn, y Eligio alcanzó, con mano presta, a robarse el segundo concierto para piano de Brahms en la versión de Claudio Arrau. Se la sacan estas tienditas, consideró Eligio cuando tomaban asiento, fatigadísimos, en una de las bancas del paseo del centro comercial, que continuaba lleno de gente.

Recorrieron tiendas hasta que se les hincharon los pies, sólo en un museo se camina tanto, te juro que no vuelvo a hacer esto, que Diositosanto me perdone. Eligio le aseguró que eso se le quitaría comiendo y fueron a un restorán. Eligio pidió vino francés y medallón de filete, pero Susana prefirió una ensalada descomunal con brócoli, betabeles, coliflores, espárragos, aguacate, alcachofas, zanahorias, cebollas asadas, semillas de girasol, trocitos de tocino, queso en abundancia y todo tipo de aderezos, además de las rigurosas nueces de la India.

Salieron del centro comercial sumamente eufóricos por el vino, la buena comida y el discreto encanto de un eructo, y aunque Susana pidió que regresaran al Kitty Hawk, ese día había sesión del Programa, Eligio quiso pasear otro poco; en el fondo, consideró ella, Eligio estaba feliz de tener un coche, aunque fuera viejito, y dinero en la bolsa para poder comer con vino, pero la verdad era que lo veía distinto, parecía estar menos tenso…, o la tensión se traducía de otra manera, a través de la energía y la vitalidad que siempre había tenido pero que pocas veces se manifestaba tan nítidamente. Eligio manejaba con seguridad, con rapidez también, sin dejar de fumar sus Delicados, viendo el paisaje sin verlo, más bien integrado por completo al movimiento, a los cambios de velocidad del Vega, que le había gustado porque no era automático, en Estados Unidos eso era raro, ¿verdad?: los coches automáticos eran como trabajar en *La Hora Nacional:* caer en lo más bajo. Eligio oía la música sin oírla, en el fondo integrado a la horizontalidad de los cuatro puntos del paisaje, con pensamientos tan tenues que no interferían en la seguridad y la fuerza que experimentaba y que, sin duda, tenían que ver con el país: una sensación de poder, de no tener techo ni límite, de absoluta seguridad… ¿y ella?, ella se descubrió a gusto mirándolo, jugando a pensar sus pensamientos, aunque, claro, siempre quedaba la posibilidad de que ella fuera la que vivía la energía, el equilibrio lleno de poder; quizá era ella la que experimentaba todo eso y lo extendía a Eligio porque…, claro, porque lo amaba, de hecho en ese momento se felicitaba de que él hubiera ido a buscarla, naturalmente era fantástico saber que tenía el poder de hacer que su marido recorriera miles de kilómetros y llegara hasta el mismísimo culodelmundo para pedirle que volviera con ella, mi vida... Conozco a los dos, bolero tradicional: yo vengo a pedirte perdón para que vuelvaaaaas... Realmente era mil veces preferible recorrer los caminos de ese estado que estar enclaustrada en el Kitty Hawk, en la camioneta con Becky al volante; un millón de veces mejor que estar en el pozo oscurísimo en el que había estado hundida con Slawomir en el fondo.

Pero allí estaba Arcadia ya, en verdad Eligio es buenísimo para orientarse, y la inmensidad se cercenaba. Susana sintió un sobresalto y se volvió hacia atrás, hacia la extensión plana del campo que se alejaba. Eligio la vio de reojo. Qué planicie, dijo, la gente de estos rumbachos debe de quedarse dormida cada vez que sale al campo: mira nomás, fuera de la ciudadcita por todas partes hay extensiones interminables, ni una montañita, hombre, ni siquiera un monte pelón a donde exiliar a Juan Rulfo, nada de nada. No, mi amor, respondió Susana, todavía no te sintonizas con estos campos, son un espejo, mi amor, reflejan el cielo, ¿te has fijado qué cielo? La verdad es que no, replicó Eligio, lo cual indicaba que no es nada del otro mundo, no es el del desierto, carajo, como en Ciudad Juárez, ése sí es cielo, no mamadas. No, Eligio, claro que el cielo del desierto es bellísimo, pero aquí el cielo está cerca, o lo parece, es un escalón no tan lejano, como si hubiera menos fuerza de gravedad en estos lares, por eso la gente siente que vuela.

Susana y Eligio encontraron que ya la mayor parte de los participantes del Programa se habían reunido en el Kitty Hawk. Entre risas, Eligio comentó que el Programita le recordaba aquellos viejos chistes de niño en los que había un francés, un ruso, un gringo, un alemán y un mexicano. ¿Sí? Con la diferencia de que aquí no encontrarás ni un francés ni un inglés ni un alemán, ni siquiera un *español*, porque esta gente trae puro escritor de países raspa, las naciones de piojito, el good ol' tercer mundo. ¿Y eso por qué, tú? Cómo por qué, oye, Eligio, date cuenta de que con esa gente no podrían lucirse mostrándoles las maravillas de la civilización: teléfono instantáneo, cuentas de banco *personalizadas*... ¡Qué país!, bromeó Eligio, ahora mí ya entender, ellos traer puros cambujos para poder latiguear-los... En la madre, allí está ese pinche polaco, se me hace que le voy a soltar unas patadotas en el paladar. No estaría mal, a lo mejor así se anima la sesión, yo creo que todos te aplaudirían, aunque para ganarte la estimación de los artistas tendrías que matar primero al egipcio. Te lo digo en serio, insistió Eligio, se me hierve la sangre nomás de verlo. Ya ya, no exageres, pidió Susana. Pensaba que Eligio se alteraba al ver al polaco, mientras que éste, en cambio, se había despatarrado en uno de los sofás con una cerveza en la mano, viendo displicentemente a su alrededor. Altagracia se hallaba junto a una mesita que, como en todas las sesiones, estaba llena de botellas de vino, de latas de cerveza y de refrescos; también había una gran cafetera y vasos desechables, advirtió que Susana la miraba, camufló una sonrisita y se fue con el polaco, quien confianzudamente le pasó el brazo por encima de los hombros. Susana se quedó paralizada al verlos, hasta que reparó en que, cerca de ella, la sudafricana Joyce la observaba con una sonrisita burlona, y que Eligio se daba cuenta de todo lo que ocurría. Susana tomó aire profundamente y se fue al lugar de siempre, un sofá largo y desgarbado que por lo general compartía con el peruano Edmundo, con Hércules, el dramaturgo colombiano, y con el argentino Ramón. A Eligio le simpatizó el novelista peruano porque sonreía con facilidad y no trataba de ocultar su chimuelez con la mano; claramente se veía que se bañaba cada solsticio: usaba trajes de la época de los pachucos: terriblemente holgados y con pliegues hasta en las rodillas. Después de cruzar unas palabras Edmundo y Eligio se lanzaron a la mesa de las bebidas, oye, qué bien se atienden en estas reunioncitas, ¿eh?, comentó Eligio, antes de soltar, horrorizado, una lata que había recogido por puro reflejo, ¡en la madre, otra vez esta cerveza Olympia! Mejor toma del vinillo, sugirió Edmundo, no es maravilloso pero sí está mejor que todo lo demás, a no ser que te gusten los refrescos de cola, en cuyo caso no hay duda: coca o pepsi, lo mejor del mundo.

La sesión no había comenzado; faltaban Wen y Rick. El viejo no había asistido a las últimas sesiones porque prefería acumular energías para el dominical rito de fertilidad y/o fecundidad, que, como las cervezas para Eligio, era insoslayable. En la mesa principal el ponente, en esa ocasión el poeta palestino, revisaba sus cuartillas ausente a todo el ruido a su alrededor. John, Myriam. Elijah y Becky ya estaban allí, repartiendo kilos de papeles —anuncios de visitas, de acontecimientos, de actividades— que los participantes guardaban con gran cuidado para tirarlos más tarde. Todos se agrupaban en zonas geográficas: los chinos siempre juntos, cerca de los hindúes, los de Europa Oriental en otro sofá, etcétera. Jack, el participante de Papúa Nueva Guinea, se acercó a Ramón, pero éste lo expulsó de allí de la manera más vil. Dijo que se le hacía inconcebible que, para empezar, hubiera escritores en Papúa Nueva Guinea; que, en segundo lugar, esos escritores fueran tan pedestres; y, tercero, que hubieran tenido que ponerle como vecino y compartidor de baño y cocina precisamente a uno de ellos. No lo aguanto, explicó, es un bebé, le da miedo la oscuridad, llora en las noches y no sabe cómo marcar el teléfono, yo creo que es la primera vez que se aparta de la tribu. Para colmo, en un momento de nauseabunda debilidad paternal, le di a conocer unas cintas de Astor Piazzola y al cretino le fascinaron, así es que a todas horas quiere estar en mi cuarto. Jack era negrito, pequeño, de dientes chuecos y pelo adherido al cráneo. Te gusta, te gusta el negrillo, le dijo Edmundo, cuando te vayas de aquí lo vas a extrañar más que a nadie. Eligio se puso a hablar de teatro con Hércules, que era homosexual notorio y lector de Manuel Puig. Eligio estaba acostumbrado a tratar con homosexuales desde siempre y Hércules le cayó bien, porque le recordaba a Óscar Villegas, el afamado Marvilo: silencios prolongados, relajación casi total y naturalidad en el afeminamiento.

Finalmente llegó Wen, acompañada por uno de los chinos y dos muchachas del taller de la Universidad; una de ellas, consideró Eligio, nada fea. Wen se disculpó profusamente, un tanto agitada, y explicó que su tardanza se debía a que había estado conversando por teléfono con Bill Murray, ¿lo conocían? ¡Dios mío!, exclamó Ramón, éstos creen que tratan con retrasados mentales, ¿quién no conoce a Murray? *Yo,* respondió Eligio; y yo, añadió Hércules, con un guiño cómplice a Eligio. No digan eso, intervino Susana, ahora Ramón nos va a asestar una conferencia. No me gusta, para empezar, dijo, enfático, Ramón; es un tanto vulgar, muy dado a las bufonadas tipo Ginsberg y demás extravagantsia. Bill vendrá a visitarnos, no fue fácil pero lo persuadí. A partir de mañana Becky se encargará de distribuir ejemplares de algunos libros de Murray, por favor léanlos pronto, para que cuando Bill venga todos ustedes ya estén compenetrados con su obra y puedan establecer un diálogo fructífero con él. Murray se hospedará aquí mismo, en el Kitty Hawk, como cualquiera de ustedes, agregó Wen ignorando la voz anónima que dijo ¡qué falta de respeto!, así es que la comunicación será fácil. Dará una o dos lecturas de poemas, aquí mismo y en la Universidad. Murray es egresado del taller literario de la Universidad y todos nos sentimos muy orgullosos de él.

El palestino procedió a leer un tambache de cuartillas con voz baja y monótona. Ya verán, dijo Ramón, no tarda en echarles mierda a los judíos. ¿Qué dice?, preguntó Eligio. ¿Cómo qué dice?, replicó Susana, ¿qué no entiendes? No entiendo ni madres, y eso que ese mono habla despacito, ya me dio sueño, ¿tú entiendes algo? Yo sí, todo, es que tú no estás oyendo, aclaró Susana. El palestino denunciaba las atrocidades judías en los territorios palestinos ocupados, y Ramón hizo cara de *¿ven?, les dije*. Los participantes se volvieron, como en un juego de tenis, a ver a Brian, quien se removió en el asiento y en segundos ensayó distintas poses y expresiones: se indignó, bostezó, se burló y se recostó en el sofá con aire indiferente. Es un estúpido, calificó Ramón. Sí, es un perfecto cretino, dijo Susana. El otro día me lo encontré en la oficina del Programa en la Universidad y salimos juntos. En el estacionamiento me preguntó ¿quieres montar? ¿Qué?, dije. Que si quieres *montar*, insistió, con las manos por delante como si llevara riendas. El gran imbécil sonrió y me dijo: debes creer que estoy loco, ¿verdad?, y yo sólo pude sonreír. Hasta entonces me aclaró que íbamos a *montar* su coche, porque él tiene un *pinto* y el pinto es un *caballito*, ¿entienden?, incluso me enseñó la figura de un caballo en el volante. Edmundo el peruano fingió que estaba a punto de vomitar y dio un largo trago de vino para impedirlo; después se agazapó y avanzó entre la gente y los sofás como si lo hiciera a través de trincheras; llegó a la mesa de los vinos, llenó su vaso y regresó con vida. ¡Qué bufón!, comentó Eligio, sonriendo. Soy un caba*llero*, corrigió Edmundo, bien erguido y mirando oblicuamente a Ramón, el argentino, quien sólo dijo: qué estúpido hombre.

El palestino terminó su exposición y todos salieron desbocados a la mesa de las bebidas. Cuando más o menos se restableció la calma y los eructos de cerveza disminuyeron, Wen pidió que se hicieran preguntas. Todos miraron al judío, quien sonrió afectadamente y alzó la mano. Me parece, dijo, sin ponerse de pie, que éste no es el sitio apropiado para campañas propagandísticas. Yo tenía entendido que el señor nos hablaría de las condiciones de la poesía palestina y sólo se concretó a insultar a mi país. Todo mundo sabe que Israel es responsable de que la poesía palestina, la prosa palestina, el ensayo, el teatro y la vida misma palestina esté obstruida, interrumpió el ponente y agregó: ¡Israel es una mierda! Para acabar pronto, comentó

Eligio. El judío Brian se volvió hacia los demás, seguro de que todos, como él, habrían advertido que el palestino era un fanático. Es un pendejo ese judío, corroboró Eligio, a ver peruano, ordenó después, traite más vino. Es lo único bueno de estas sesiones, dijo Edmundo; nuevamente se deslizó entre las trincheras y regresó con una botella. Becky los miraba con aire severo; Wen, en cambio, sonreía beatíficamente ante el intercambio de insultos entre el judío y el palestino. ¡La ponencia de este provocador adolece de una vergonzante falta de rigor y seriedad! Pero tiene *razón*, aseveró, poniéndose en pie, un negro altísimo, muy fornido, el participante de Nigeria; en cambio tú eres un arribista-oportunista-burgués-y-reaccionario-comemierda. Un vaso estrujado alcanzó a golpear la frente de grandes entradas del judío Brian, quien se puso de pie, rugiendo de furia, pero Becky también ya lo había hecho. ¡Por favor, por favor! No queremos que esto se convierta en un desorden, ¿verdad? Cuál desorden, decía el peruano, si ésta ha sido la primera sesión más o menos buena. ¿Tú a quién le vas?, preguntó a Ramón. Al judío, por supuesto, replicó Ramón, con una sonrisa. Yo, al pales, terció Hércules. Te gustó el morenillo, ¿eh?, deslizó el peruano, y Eligio colaboró: llégale, no seas tímido. No, el judío está más guapo; aunque ya se le está cayendo el pelo tiene un cuerpo muy lindo, nada de barriga y nalguita parada; pero el palestino tiene la razón. *Ah sí*, dijeron a coro Eligio y el peruano Edmundo y después echaron a reír, mientras Susalomónica meneaba la cabeza… Se sentía fatigada, pero a gusto. Una dulce lasitud. Todo consistía en no mirar al polaco. ¿Ya vieron a Elijah?, avisó Ramón, está asustadísimo. Yo creo que cree que se van a agarrar a tiros. A botellazos, dirás. ¿Quién es ese mono? ¿Cuál? ¿Ése? ¡Ése es Elijah! ¿Elaiya? ¿Qué es eso? Ese chavalillo de cara redonda y sonrisa empotrada. Ah, sí, consideró Eligio, está vaciado el nene, desde que lo vi me cayó en gracia porque me cae que es la imagen caminante/En veces *reptante*. Es la imagen *escalofriante* de los Estados Unidos, es la pura gringuez. La gringuez…, repitió Ramón, apreciando el término. A ver, tú, peruano, dile a la Gringuez que nos traiga unos vasos limpios, ¿no?, pidió Eligio, Edmundo asintió con gran corrección, se puso de pie con suma elegancia, en verdad es todo un *caballero*, comentó Eligio, y fue hasta donde estaba Elijah. Éste asintió, fue a la mesa de las bebidas y llevó varios vasos a Eligio. Gracias, Gringuez. Whaat?, preguntó Elijah. He says: thank you, tradujo Ramón el argentino. ¡De nada!, sonrió la Gringuez y se fue.

La sesión se había detenido. Wen trataba de calmar al judío, en un rincón, y varios escritores, en la mesa principal, apoyaban al palestino. Todos vociferaban. Otros, en la mesa de las bebidas, se servían desenfadadamente y regresaban a discutir con sus compañeros. Incluso los chinos conversaban entre sí, animados. Altagracia casi se había recostado sobre el polaco, quien no paraba de beber sin oír los ardilleos de la filipina y las doctas parrafadas del rumano, el húngaro y el checo. ¿Ya vieron al so called bloque socialista?, dijo Ramón, con una sonrisa maliciosa: quería que se fijaran en Altagracia, quien en ese momento se concentraba en socavar una espinilla en la oreja del polaco. ¿Se han fijado que los camaradas nunca dicen nada en las sesiones? No dicen nada nunca. Ah no, el rumano sí. Sí, él sí. Yo quise conversar con uno de ellos, ese húngaro que parece tan astuto, y simplemente no pude. No le gustaste, Hercu, explicó Eligio. Él tampoco me gusta a mí. ¿Todo bien?, preguntó una muchacha del taller de la Universidad, una estadunidense muy joven, bien formada, pelirrubia. Todo perfecto, Irene, respondió el argentino. Irene la rubia miró con atención a Eligio, quien, semiebrio, o fingiéndolo, alzó su vaso a guisa de brindis, lo que generó una sonrisa abierta de parte de la rubia. Después, se fue. No te dejes, le dijo Hércules a Susana, me temo que ya te quieren birlar a tu viejo. Viejos los cerros. Pues si Eligio quiere, planteó Susana, adelante. Yo lo que quiero es arrimarle un par de patadas a este peruan*illo*. ¡Oye, mexicano, no seas endejo!, respondió Edmundo, atragantándose por la risa y el vino. ¿Endejo? ¿Qué es eso de endejo? Bueno, es que en Perú no se pronuncia la pe. Entonces eres eruano, corrigió Ramón. Es un eruano uto inche y endejo, añadió Eligio entre explosiones de risa. Yo creo que a este eruano no se le ara, agregó Hércules. No te pienso dar demostraciones. Ni quien te las ida. ¿Ya vieron? ¡El judío está llorando!, rio Ramón, regocijado, tenían razón los amigos que me dijeron que este Programa era algo único. Está llorando, repitió Edmundo. Con su delantalito blanco, recitó Eligio. Pobrecito, dijo Susana.

Wen, Becky e Irene consolaban al judío, cuando todos se sobresaltaron al oír las carcajadas del nigeriano. No ha parado de beber desde que se inició el Programa, comentó Ramón. ¡Por favor, más seriedad!, pidió Becky, exasperada. La falta de seriedad es la de ese agente sionista. En vez de comportarse como debería, véanlo ustedes, ¡se pone a llorar! Para el absoluto terror de Brian, el nigeriano irguió toda su corpulencia y fue hacia él, diciendo: ¿quieres medir tus fuerzas conmigo? ¡Dios mío, Jerry, eso no!, casi gritó Wen. No voy a hacerle nada, respondió el nigeriano, sólo quiero darle un par de bofetadas, ¿está prohibido? *Sí*, dijo Wen. El judío se puso en pie, mirando fulminantemente al nigeriano. Con Gran Dignidad se sacudió la ropa, dio media vuelta y se retiró.

Irene, la rubia, regresó con los latinoamericanos. Esto ocurre con frecuencia, explicó. El año pasado la pelea fue entre el sirio y el egipcio. Los dos se injuriaron en todos los tonos, concluyó y nuevamente se marchó. Muchas gracias gringuita, dijo Susana sin perder de vista a Irene, que se alejaba. Eligio bebió un vaso de un solo trago y sólo exclamó: ¡aaah! Guapa la Airín, dijo, a nadie, el argentino Ramón, cuando, ante la sorpresa colectiva, Altagracia se acercó a ellos. Qué tal, mexicano, saludó a Eligio; oigan, agregó, dirigiéndose a todo el grupo, creo que este desorden ya dio de sí. El rumano acaba de expropiar unas botellas de vino

¿por qué no vamos a mi cuarto y celebramos? ¿Qué feste-jamos?, preguntó Susana, gélida. La llegada de tu *marido*, naturalmente, respondió Altagracia sin dejar de mirar a Eligio. Pues yo les advierto, planteó Eligio, en español, que si nos acompaña ese polaco le rajo la cara. Todos rieron, y Ramón se puso en pie. Entonces vamos, dijo.

Salieron de los salones del Kitty Hawk ignorando las miradas despectivo-reprobatorias de Becky y las despedidas cordiales de la Gringuez, quien agitaba la mano, sonriendo, resplandeciente. Irene los miraba, pensativa. El polaco y los demás camaradas se habían adelantado, y Ramón codeó a Edmundo para que se fijara en Joyce, la gorda sudafricana, que metía una botella de vino en su impermeable Harpo Marx. De repente, Irene los alcanzó. ¿Ya se van? ¿No quieren venir con nosotros a tomar una copa? ¿Dónde van a tomar la copa? Mis amigos y yo queremos recorrer bares, empezamos por los de la ciudad y después vamos a los de los alrededores, ¿qué les parece? Pues yo prefiero ir con ellos que con el polaco. Se entiende, se entiende, dijo Ramón, en español, y como todos lo miraron con un vago aire de reproche, agregó: bueno, no nos hagamos tontos. Todos sabemos lo que había estado sucediendo. Ahora Eligio ha llegado y lo más normal del mundo, al menos para mí, es que no quiera complicarse las cosas. Yo no me complico nada, a mí me la pela ese pinche polaco. ¡Eso, eso! ¡Así deben ser los mexicanos, muy machos!, exclamó Hércules, regocijado. Apuesto que éste se la pasó viendo películas mecsicanas toda la vida, comentó Ramón. Pues claro, yo nunca me perdía ninguna de Pedrito Infante ni de Jorge Negrete ni de Pedro Armendáriz, ese hombre sí era un sueño, me acuerdo de una película en la que salió con María Félix, ¿cómo se llamaba? Pero lo mejor del cine mexicano fueron las películas de rumberas. ¿Entonces qué, vienen?, volvió a preguntar Irene, que había estado oyéndolos hablar en español sin entender nada. ¿Vamos?, preguntó Eligio a Susana y ella suspiró, vio de reojo a Irene, se mordió los labios y dijo, casi heroicamente: sí, vamos. Oye, si no quieres, no ¿eh?, podemos ir al cine o quedarnos en la ratonera.

Bueno, mira, ven, tengo que decirte algo, dijo Susana, tomó a Eligio del brazo y fueron a los cubículos con entrepaños casi vacíos que los dueños del edificio llamaban la biblioteca. Qué pedo, dijo Eligio, dando otro sorbo de vino. Mira, mi amor, sólo quiero que todo esté claro. ¿Qué onda quieres agarrar? ¿Qué quieres decir? Ya sabes lo que quiero decir, esa gringuita se te está resbalando de la forma más grotesca. Eligio miró a Susana, sonriendo, y respondió enfáticamente: oye, linda, a mí no me interesa andar detrás de ninguna nalguita, no lo he hecho en México y no lo voy a venir a hacer aquí. *¿No lo has hecho en México?* Eligio ignoró lo último, y agregó: y menos si he venido a buscarte hasta el culo del mundo, por eso te decía que nos quedáramos tú y yo solos. Palabra que no quiero llegar aquí a desorganizar todo lo que has estado haciendo, ¿ves?, pero claro que lo del pinche polaco es aparte, te juro que esa ondita no me gusta *nada*, y así como no voy a andar de vergalista espero que tú tampoco vayas a reincidir con ese tipejo o a incidir con quien sea, te juro que no sé por qué me cae tan mal ese cabrón, digo, no son celos nada más; es algo que no puedo explicar bien. Pues en realidad Slawomir es un tipo como cualquier otro, aventuró Susana, cauta; no quería ni pensar ni hablar del polaco, ¡y menos con Eligio! Pues yo creo que es un culero. En esa bestia existe mala levadura, viene con pecado, declamó Eligio. ¡No seas payaso!, rio Susana. Te lo digo en serio, ese buey no es buena onda. Pata ancha, muy andado, sudado, nunca ve los ojos de la gente, es más: *no ve* a la gente, se la pasa girando en silencio, quién sabe qué retorceduras y escabrosidades anda fraguando. Pero tú cómo sabes, inquirió Susana, más interesada de lo que hubiera querido, incómoda. Bueno, estuve echándole el ojo, y no me equivoco, Susana, acuérdate que los hombres tenemos algo que se llama sexto sentido. Las *mujeres* tienen el sexto sentido. Con que vulgarizando el Rol Femenino, ¿eh? Bueno, sonrió Susana, un tanto fatigada; vamos o no vamos. Como tú quieras. No, lo que *tú* quieras. No, lo que *yo* quiero, intervino Edmundo, quien se había acercado silenciosamente; vamos, mexicanos, todos los están esperando.

¡Épale!, exclamó Eligio, ya está haciendo frío. Sí es cierto, respondió Hércules, todavía anoche hacía un calorcito de lo más agradable. Señores, añadió Ramón, de ahora en adelante se soltará un frío endemoniado. Habrá que hacer algunas compras, dijo, casi para sí mismo, Hércules. Se hallaban a la puerta del Kitty Hawk, bajo un cielo que se había oscurecido casi por completo. ¡Ahí están!, avisó Edmundo, al ver que en un coche venían Irene, con la Gringuez al volante, otro muchacho del taller de la Universidad, y también Altagracia y el polaco. Al parecer los otros camaradillas se achicaron a última hora, consideró Edmundo. No vamos a caber, avisó Hércules. ¡En la madre!, casi gritó Eligio, ¡si nosotros tenemos coche! ¡De veras!, dijo Susana, se me había olvidado a mí también. ¿Cómo que tienen coche?, preguntó Ramón sorprendido, un tanto serio. Sí, hoy en la mañana compramos uno, anunció Eligio, muy satisfecho.

Fueron a la pizzería, en la que un cantante folclórico entristecía paulatinamente cantando y tocando una guitarra. Nadie lo escuchaba. El sitio estaba lleno de estudiantes, y resultó que Irene, la Gringuez y su amigo, que se llamaba Cole, eran muy populares, saludaban a todos. Aquí se reúnen los *intelectuales*, deslizó Ramón sin ocultar una sonrisa gozosa. Apuesto que no tarda en declamar algún espontáneo. Como no vaya a ser la Gringuez, todo está bien, asentó Eligio al tomar asiento. Irene, la Gringuez y Cole terminaron de saludar amigos. Ya pedimos dos jarras de vino, avisaron. Ramón les preguntó: ¿éste es el lugar donde se reúnen los intelectuales?, no sin guiñar el ojo a los demás. Bueno, algunos vienen aquí, respondió Irene, insegura. Ya se habrán dado cuenta de que Arcadia no es muy grande, intervino la Gringuez. Sí, corroboró Cole, sólo tenemos un par de restoranes realmente buenos, uno se llama Petrarca, el bar no está nada mal, allá van muchos amigos del taller; esto es, cuando tienen dinero. Pero aquí todos los estudiantes *tienen* dinero, la escuela cuesta un demonial, ¿no es así? Bueno, sí hay cuates con lana, explicó la Gringuez, como aquí nuestro amigo Cole, que tiene un buen Camaro. Con autocassette Alpine y dos bocinas de cuatro vías Sparkomatic, informó Cole. ¿Ustedes nacieron en esta ciudad?, preguntó Susana. ¡Por Dios, claro que no!, replicó Cole, sonriendo. Yo soy de Texas. Yo nací en Casper, Wyoming, dijo la Gringuez, orgulloso, ¿les gustan los vaqueros? Las *vaqueras*, corrigió Edmundo… Los *vaqueros*. A mí me gustaba *mucho* John Wayne, dijo Hércules, quien, con el vino, se extravertía intermitentemente. *Mucho*, repitió Edmundo; todos soltaron a reír. ¿Hay escritores en Wyoming?, preguntó Ramón. Claro que hay escritores en Wyoming. Como quién. Como…, bueno, ustedes no los conocerían. Ustedes saben, Casper no es un paraíso de las letras. Pero Arcadia sí, ¿verdad?, deslizó Ramón, codeando desvergonzadamente a Edmundo. Claro que sí. Aquí hay mucha gente que escribe, intervino Cole, y sí, es una ciudad culta. Pidan más vino, ordenó, seco, el polaco, sin ver a nadie. Pídelo tú, aquí nadie es tu criado, espetó Eligio, agresivo; y de pasada, me traes a mí. Yo voy, dijo Irene. A mí el vino ya no me sabe a nada, habría que irnos a otra parte a tomar un roncillo, dijo Edmundo, en español. Pídete dos jarras de vino de una buena vez, sugirió Ramón a Irene. Insisto en que mejor nos vayamos, van a empezar a declamar. ¿Qué dice?, preguntó Irene, en inglés. Que nos vayamos. Sí, *ya vámonos,* repitió el polaco. Eligio lo miró y estuvo a punto de escupir.

Susana pensaba que hubiera sido mejor quedarse en el Kitty Hawk y dormir, dormir muchísimo y despertar... en la ciudad de México. Era curioso cómo hasta un día antes había logrado, sin proponérselo, no pensar en México, y a raíz de la llegada de Eligio de nuevo sentía que tenía una casa, una cama que la conocía, un librero y... No le gustaba estar allí, con el polaco tan cerca. Y eso que prácticamente no lo veía para nada. De cualquier manera, Slawomir jamás despegaba la vista de su copa de vino y sólo en ocasiones echaba la cabeza hacia atrás, como si Altagracia fuera una mosca que revoloteaba. Era patética esa Altagracia. También le gustaba Eligio... Qué éxito había tenido Eligio. Ramón conversaba condescendientemente con Cole y la Gringuez. Y Eligio no paraba de beber y de hablar de teatro con Hércules, porque una vez Eligio fue con Emilio Carballido al Festival de Manizales. Irene, junto a ellos, los miraba atentamente, y eso que están hablando en *español,* pensó Susana, quien jaló la manga de la rubia y le preguntó a boca de jarro: ¿te gusta mi marido? Todos guardaron silencio, e Irene, titubeante, miró a Susana unos segundos: por último sonrió, abiertamente, y dijo que Eligio le parecía un *ídolo azteca,* una escultura de obsidiana, nunca había conocido a nadie con un corte indígena tan puro y tan hermoso, agregó, entusiasmada. Eligio casi se atragantó de risa. ¿De qué te ríes?, preguntó Irene, muy seria. Es que allá en México las chavas me huyen precisamente por indio. A mí me pasa lo mismo en Perú. En Erú, dirás, ¡la diferencia es que aquí tampoco te pelan! ¿Qué están diciendo?, preguntó Irene, sorprendida y exasperada. Yo también necesito intérprete, se quejó Ramón, pero en ese momento ya se hallaban afuera, frotándose los brazos, pero ya no hace tanto frío, ¿verdad?, a mí el frío me la pela. En algún momento los grupos cambiaron y con Eligio y Susana iban Irene, Edmundo y la Gringuez, siguiendo el Camaro negro de Cole, quien manejaba con rapidez y ya no con la prudencia de antes.

Llegaron a un local pequeño, notablemente sórdido si se tomaba en cuenta que estaban en Arcadia y no en México, donde hubiera podido ser un salón familiar, ¿no crees? Pues sí. TOPLESS!, decían los letreros, y Eligio lo festejó con un largo ¡ajúúúúa! No podía ocultar el gran gusto que le daba porque allí no había orquesta y el show dependía de una vieja sinfonola. Una cuarentona pintada hasta las lonjas terminaba de desvestirse. Había pocos clientes, todos ellos gente de baja ralea, o hasta donde pudiera serlo en Arcadia. Ya me cayó bien este lugar, dijo Eligio, es lo más fonqui que he visto, carajo, ya necesitaba ver un poco de mugroa. A lo mejor te preparan unos taquillos, dijo Edmundo. Cole había tomado una mesa junto a la pista, sin ninguna dificultad porque casi no había nadie.

Well everybody knows about the bird! Bird, bird, bird, bird is a word, se oía en la sinfonola. La gorda terminó su número, ¡bravo, *Joyce*!, aplaudió Eligio, y fue relevada por una negra de bien formadas caderas, que, en comparación con la anterior, se saca un nueve, ¿o no? La negra se despojó de toda la ropa. ¿Ya vieron?, tiene un *silbatito*, señaló Edmundo. Todos vieron el pequeño silbato que pendía de una cadena un tanto oxidada y que se bamboleaba entre los muslos sudorosos, exactamente abajo del sexo y de la cara de Hércules, pues la negra se acercó a él y le ofreció el espectáculo de sus nalgas. ¿No quieres tocar el silbatito, guapo?, invitó la negra, y Hércules respondió: ¡por nada del mundo! La negra desplazó el trasero hasta la cara del texano Cole, quien prudentemente frunció la nariz y se echó hacia atrás. Down wind, girl!, dijo. Las mujeres reían alegremente, y Edmundo declaró: ¡señores, alguien tiene que tocar el silbato! Pos tócalo tú, deslizó Eligio, porque yo ni madreis, no vaya a estar lleno de miércoles de ceniza. ¿*De qué*?, preguntó Ramón. Está *bien*, yo lo haré, dijo Edmundo; observen, subdesarrollados, añadió y se estiró la bufanda, sacudió el polvo de su camisa y, bien erguido, se encuclilló para alcanzar el silbatito, que se meneaba bajo los abundantes y no muy sedosos vellos púbicos. Edmundo tomó el silbato y emitió un sonido largo y ondulante. ¡Bravo!, gritaron los de la mesa; ¡eres todo un caba*llero*!

Ya les habían servido una nueva ronda de Bacardí puertorriqueño. Todos estaban visiblemente borrachos, salvo

Susana, quien no bebía casi pero no se hallaba a disgusto, recargada en Eligio, el polaco no miraba a nadie y Altagracia parecía un tanto desubicada: ese grupo la intimidaba un poco y no sabía bien cómo reaccionar ante las explosiones de Eligio; además, gran parte del tiempo se pasaban hablando en español, sin que les importaran los demás. Cole decía a Eligio que de niño vivió relativamente cerca de Brownsville, o sea, de Matamoros, que muchas veces había viajado al sur de la frontera, pero ahora le daba miedo porque sabía que en todos los caminos mexicanos, que por cierto eran muy *estrechos*, los asaltos eran frecuentes, o los policías pedían sobornos incalificables, ¿cómo le llaman?, ¿la mordida?, o a los visitantes les daba la venganza de Moctezuma, porque la comida era muy insalubre y el agua, peligrosa. Insalubres mis huevos, declaró, enfático, Eligio, en inglés. Unos cuantos bichillos nunca están de más, son como vacuna, ¿no? Pues a mí Matamoros me pareció un lugar sórdido, lleno de basura. Matamoros, explicó Eligio a pesar de que nunca había estado allí, no es una ciudad sucia, es una ciudad *asquerosa*, pero no me vas a negar que todos ustedes los gringos exageran con la cuestión de la limpieza. Cuando llegué a esta ciudad me *alarmó* verla tan aséptica y sólo entendí lo que pasaba cuando Susana me explicó que, desde que llegan a Arcadia, los participantes del Programa están obligados a trapear las calles en la madrugada. Todos soltaron a reír, menos Cole, quien sonrió nerviosamente; la Gringuez, en cambio, estaba muy contento. Es la primera vez que oigo que alguien se queje de la limpieza en este país, dijo Cole. Espérate a que nos quejemos de la *comida*, por no hablar del gobierno. Y el capitalismo, añadió Eligio. Y los médicos, dijo Hércules, que padecía hemorroides. Y la deshumanización. Y la robotización. Y la despolitización. Y la manipulación. Y la televisión. Y los periódicos. Empecemos por la comida, dijo Edmundo. Aquí a la gente se le ha estragado el gusto por completo. ¡Cierto!, apoyó Eligio, en cambio, en México te vuelves loco con tanta sabrosura. Mira, en México lo primero que pregunto al llegar a un lugar es: ¿aquí qué se come? Y salen los tamalitos con chipilín o el mole negro, o las nueces enchiladas o una salsita de chumiles. ¿Qué es eso? Son unos insectitos bien simpáticos. ¿Comen insectos en México? Y *vivos*, añadió Eligio, truculento; habías de verlos en los mercados, maestro: ponen una bacinica o una escupidera llena de chumiles, que son como piojos con pelos, y en el centro hay un cono de papel, o cucurucho, por donde los chumiles trepan hasta que ascienden a la cumbre y buggers!, vuelven a despeñarse abajo, como si fueran, parafraseó Susana, espermatozoides locos, ciegos, ávidos, que tocan la puerta del cielo y son rechazados fieramente. No entiendo nada, aclaró Ramón, sonriendo. Y luego tenemos, por ejemplo, las iguanas de Taxco, y el caldo de cucarachas y el consomé de ladillas, y los armadillos de Juchitán, y los monos del sur de Veracruz. ¿Monos? Sí, monos, changos, simios. El procedimiento es a saber:

se toma un mono bebé, y se le mata como a los cerdos, o sea: con un fulminante golpe de cuchillo en el área sobacal. Después se abre el monigote y se le rellena, con mierda de conejo naturalmente, y se pone a asar a las brasas pero sin quitarle los pelos. Al final, cuando el chango está preparado, se le viste como Niño Dios y se sirve en una cuna pequeña. ¡Qué asco!, exclamó Altagracia, sin poder dejar de reír. Y se me olvidaban los famosos tacos de viril. ¿De viril?, repitió Ramón, apreciativo; el nombre es todo un acierto, ¿eh? Claro claro, admitió Eligio, el viril es, por supuesto, el chile del toro. En el mercado de Xochimilco lo sirven frito y tronador, extracrispy, como dicen aquí, y por supuesto que un par de esos tacuches carga la batería mucho mejor que cuarenta docenas de camarones. Y también tenemos los tacos de gusano oaxaqueño, que se sirven fritos y truenan sabrosamente en la boca. Ustedes me están tomando el pelo, dijo Cole, con una sonrisita forzada y revisando con cuidado el contenido de su vaso. Increíble, calificó la Gringuez, sonriendo; nadie parecía estar tan a gusto como él. Aquí en cambio no haya nada, cuando el gringo se pone discriminador ¿qué come?: comida china, francesa o de cualquier otro país, porque aquí en Gringo-landia, mi buen amigo Cole, sólo hay hamburguesas que vienen de Hamburgo y hot dogs que, como se sabe, son alemanes. Claro que a ti todo esto debe sonarte horroroso, porque como buen U. S. junior citizen piensas que tu país es el ombligo del mundo/ El *culo* del mundo, corrigió

117

Susana y sonrió para sí misma. Tú crees que todo lo de afuera vale un carajo, pero, como se dice aquí, I got news for you buddy: no agraviando a los presentes éste es un país de nacos, que se cierra a lo que ocurre en otras partes, a no ser que se trate del gran atraco internacional. Voy al baño, avisó Susana. Sí, mi amor. Pues ése es el famoso pragmatismo estadunidense, ¿no?, dijo Hércules. Sí, lo mismo para todos, pidió Irene a una mesera-nudista y se pasó al lugar de Susana, desde donde vio a todos con ojos empañados. Pero cómo se atreven, protestó Cole, irritado, en México la miseria y la corrupción son escandalosas. Sí es cierto, concedió Eligio, mira, cuate, yo no voy a decirte que como México no hay dos y que allá la Virgen María dijo que estaría mucho mejor... aunque, pensándolo bien, la Virgen *jamás* se ha aparecido en Estados Unidos... ¡No seas imbécil, mexicano!, dijo Ramón entre grandes risas. Bueno, está bien, México es el puro surrealismo, es una vergüenza, ¡qué país!, pero la gente está mucho más viva que aquí y está aprendiendo a expresarse, estamos creciendo y van a ver ustedes de lo que somos capaces si es que la clase media idiota no acaba de agringarse; pero, aquí, en cambio, y no agraviando a los presentes, la gente se ha convertido en robotcitos, se les está muriendo el alma, se han vuelto viejitos cuando en realidad ustedes son un pueblo bien joven, qué horrible ser anciano antes de tiempo; ni siquiera se atreven a reconocer que el famoso poderío de Estados Unidos es un sueño, y bastante vulgar además. Aunque tu tío

Reagan diga lo contrario, en realidad desde hace varios años, cuando no se notaba casi, Estados Unidos ya había pasado a la historia, maestro, ustedes ya están en el declive total, en la decadencia pura, por el momento sólo dicen puras sandeces; por más que se sigan sintiendo sabrosísimos ya no la hacen aunque tiren patadas de ahogado. Lo único que pueden hacer es borrarnos del mapa a todos de varios bombazos, pero eso sería puro consuelo de pendejos porque difícilmente vivirían para contarlo. Y es mentira que el gobierno sea una cosa y el pueblo otra, aquí todos son imperialistas de corazón, aunque haya las debidas excepciones: ustedes, en vez de agarrar la onda y de integrarse al resto del mundo, siguen igual de tercotes sintiéndose lo máximo. Ya entiendan, carajo, siquiera aprendan a declinar en silencio y con dignidad, no anden siendo la lástima internacional. Nostoy de acuerdo, dijo Cole, muy molesto, y muy borracho también. Éste es un gran país y lo seguirá siendo por mucho mucho tiempo. Tas jodido, cuate, ¿cómo va a serlo si ni siquiera se atreven a criticarse, a reconocer siquiera la posibilidad de que se hayan vuelto patéticos? Mira, te estoy diciendo que en México la cosa está grave, que nos está cargando la chingada, pero queremos cambiar las cosas. Tú mismo, en cambio, insistes como perico en que Estados Unidos es *perfecto*. Te estoy diciendo que ya están en la mierda total, precisamente por decir pendejadas como las que dices, y eso nomás no lo puedes admitir: me miras como si hubiera dicho la blasfemia más terrible del mundo, carajo, ¿a ti en lo personal qué chingaos te importa que Estados Hundidos ya no sea la mamá de Tarzán? Tú vive tu vida, escribe lo mejor que puedas y chance de esa manera hasta vayas logrando que todo se vuelva a ir otra vez para arriba en tu país, pero de plano la riegas si te pones furioso, listo a soltar las de neutrones nomás porque te dicen que ya no debes seguir saqueando impunemente a los países más débiles. ¿O eso también lo vas a negar? Eligio ya no pudo escuchar lo que discutían porque hasta ese momento se dio cuenta de que Irene estaba junto a él y le decía, muy suavecito, que en ese momento comprendía que su problema era que no encontraba sus raíces, sabía que todo el territorio era su país pero que jamás había logrado sentirse en casa en *ninguna parte*, ajá ajá, decía Eligio; Irene había nacido en Oregon, en un pueblito precioso de las montañas, pero nunca sintió un hogar, y en Arcadia estaba a gusto pero tampoco lo era, había recorrido una buena parte del país y en todas partes era lo mismo: sólo podía entender en abstracto cosas como la patria, pero jamás en lo concreto. La población aquí es nómada, intervino Ramón, quizá por lo que dice Irene: la gente nunca puede quedarse quieta en un lugar y siempre está mudándose, aunque tengan que recorrer miles y miles de kilómetros… Eligio se había puesto tenso: hasta ese instante advertía que Susana no había regresado del baño, que Altagracia hablaba animadamente con Edmundo y que el polaco tampoco estaba allí. ¡Me lleva la chingada!, musitó y se puso en pie,

120

tambaleante. Todos lo miraron retirarse pero no le hicieron caso y las conversaciones continuaron. Eligio casi corrió hacia el baño de mujeres. ¡Susana!, llamó, ¡Susana!, pero como no hubo respuesta de plano abrió la puerta y se metió. Eligio se hallaba revisando cada excusado cuando una de las nudistas entró y le exigió que se largara de allí inmediatamente. Eligio lo hizo. Pero afuera Susana no estaba en ninguna parte y sus amigos discutían. Eligio se asomó en lo que parecía una cocina y después recorrió el salón y entró en el baño de hombres, donde ni siquiera se fijó en las máquinas que vendían preservativos ni en la sabiduría grafitesca de las paredes; subió al vestíbulo: había máquinas luminosas para jugar y de cajetillas de cigarros. No vio ni a Susana ni al polaco. En el estacionamiento el aire le pareció más helado que nunca, pero no se detuvo ni a friccionarse los brazos porque, en la pared del estacionamiento, vio, recargados, a Susana y al polaco. Hablaban en voz bajita; más bien, ella hablaba, él la escuchaba, sin verla. Eligio, durante unos segundos, se sintió paralizado: una sensación extrañísima, muy caliente, lo inmovilizó: de alguna manera la imagen de su mujer hablando quedamente con el polaco lo seducía de una forma dolorosa, caliente también; la garganta y los ojos se le habían resecado; la respiración se le dificultaba: como si le hubieran metido una bola de tierra seca en la boca. Había una cierta delicadeza en las dos figuras junto a la pared, una peculiar intimidad que creaba un sello hermetizante. Por último, por el frío,

121

insoportable, Eligio estornudó y la pareja se volvió a verlo. Eso lo irritó profundamente: ya no se contuvo y avanzó hacia ellos, cegado por la ira, ¡óigame usted, grandísimo hijo de la chingada, le advertí que dejara en paz a mi esposa!, gritó. ¡Por Dios, Eligio, no te entiende nada!, dijo Susana, exasperada. Este hijo de puta, continuó Eligio, ya en inglés, me entiende muy bien aunque le hable en chino. ¡Escúchame!, vociferó cuando se colocaba frente al polaco y se paraba de puntas para tratar de estar cara a cara con él, ¡Susana es mi mujer y ya te dije que te iba a partir la cara si volvías a meterte con ella! El polaco no dijo nada, simplemente miró a Eligio con unos ojos que él consideró, fugazmente, ausentes y turbios a la vez. Ya déjalo, mi amor, te juro que nada más estábamos hablando, entre él y yo no hay nada, yo sólo quería decírselo con claridad. ¡Tú te callas, pinche vieja!, rugió Eligio y tiró un golpe rabioso al polaco, quien alcanzó a esquivarlo y miró a Eligio, titubeante. Eligio volvió a acometerlo, con furia, pero el polaco era mucho más alto y corpulento que él y con sólo estirar el brazo logró detenerlo y bloquear golpes y puntapiés. Susana trató de apartar a Eligio jalándolo de la ropa, y él retrocedió varios pasos, se desprendió rápidamente, levantó una piedra y en un relampagueo ya la había tirado con todas sus fuerzas contra el polaco; se llenó de júbilo al ver que la piedra se estrellaba en la cabeza del gigante y que éste se cubría la herida con las manos. Eligio se lanzó nuevamente contra el polaco y pudo soltarle una patada en el estómago, pero, con un rugido de dolor, el polaco lanzó un brazo al aire y golpeó, pesadamente, a Eligio; lo lanzó contra la pared fácilmente. Eligio buscó otra piedra a la vez que se escurría por el suelo para evitar que el polaco fuera a agarrarlo a patadas, de pronto vio que el polaco se iba, con rapidez, de espaldas a él, ¡se me va ese culero!, alcanzó a pensar Eligio. Recogió otra piedra, apuntó con cuidado y la lanzó lleno de odio. Un quejido sordo le hizo saber que había atinado. ¡Se me fue el hijo de puta!, decía Eligio, ¡pero la próxima vez no se me escapa, me voy a comprar una pistola...! Ay Eligio, Eligio, repetía Susana, muy quedo, viendo alternadamente a su marido y al hueco de oscuridad por donde había desaparecido el polaco.

En los días siguientes, y sin decirse una sola palabra al respecto, Susana y Eligio se olvidaron del Programa y salieron a recorrer los alrededores. Alguien les dijo que en un pueblito cercano había chicanos en los campos de maíz, y sintieron que era un deber solidarizarse con ese personal jodido; Susana incluso pensó en llevar un cuaderno para hacer entrevistas y tomar notas, pero cuando llegaron al pueblo sólo hallaron un restorancito en donde un matrimonio ya casi había olvidado el español y servía una barbacoa aceitosa y hecha con carne de cerdo. No les importó, y siguieron hacia el Mississippi, que, ése sí, les pareció imagen primordial. El frío se había soltado con fuerza y lo único que hacía soportarlo era la proximidad de la nieve. Ni Susana ni Eligio habían visto nieve, salvo la de los volcanes en los rarísimos casos en los que los volcanes podían verse desde la ciudad de México. Decidieron regresar cuando los fastidiaron los moteles, que en todas partes eran igual de anodinos e igual de caros, y porque, previsiblemente, Eligio terminó detestando los periódicos. Tenía razón ese argentino mamila, consideró Eligio, qué pésima prensa, creo que hasta *El Heraldo de México* es mejor. No exageres. Bueno, pero mira: puros anuncios, crímenes y demandas judiciales a ocho columnas, y miles de tips de hágalo-usted-mismo; y, entre todo eso, una que otra noticia internacional. La única vez que salen más noticias es en domingo, cuando el periódico del villorrio más infecto sale más gordo que el *Excélsior;* publican tantos anuncios que inevitablemente quedan huequitos y para rellenarlos utilizan los cables internacionales, así es que las noticias de Afganistán son satélites enanos de las ofertas de K Mart, y las vicisitudes de Polonia son tapete de los últimos ecualizadores Toshiba, ya sabes.

Eligio se puso feliz porque, en una ciudadcita junto al Mississippi, descubrió una increíble tienda de segunda mano, qué bárbaro, mira, ñera, qué diferencia de esos pinches almacenzotes que son la robotización pura. En ese lugar, un galerón de techos altos, todo se hallaba apilado con relativo desorden y la misma naturaleza de las cosas creaba una atmósfera inexistente en cualquier otro negocio gringo. Compraron suéteres, chamarras borregas para el frío, gorros, guantes y orejeras, ceniceros de latón, dos floreros despostillados, copas, vasos, platos, cubiertos y un autoestéreo usado, reversible, con sus correspondientes bocinas, cuya instalación, después, costó cuatro veces más de lo que pagaron por el aparato. En la tienda de segunda mano Susana advirtió cómo Eligio se hacía de una pistola calibre veinticinco, que ocultó desde el primer momento, así es que ella no hizo comentarios. Pero se le olvidó después, cuando viajaban por las carreteras locales y escuchaban música, ya que el autoestéreo estaba en buenas condiciones, quién sabe por qué lo habrá vendido el gringo tarado que lo tenía. Cómo que por qué, porque compró otro nuevo, Eligio, caray, ésta es la afamada tierra del desperdicio, aquí la gente tira a la basura a sus propios hijos cuando se les caen los dientes. Bájale de volumen, chava. Bueno, mi amor, creo que fue Altagracia la que descubrió un día los legendarios botes de basura del Kitty Hawk, ¿no? Primero le impresionó hasta quedarse bizca ver cómo recogían la basura. ¿Pues cómo la recogen? ¿No has visto? Mira, llega un camión inmenso que tiene un par de largos brazos metálicos afilados como lanzas. El chofer del camión se coloca estratégicamente frente a los botes, con gran cuidado baja sus lancetas y las ensarta en unos sujetadores especiales. Echa a andar una grúa y los brazos metálicos elevan todo el basurero; en tanto, en la parte superior del camión se descorre una cubierta metálica y toda la basura se deposita sin que se tire casi nada. ¿De veras? Sí. Cuando Altagracia vio todo esto se quedó pasmada, yo también la mera verdad, y me llamó e invitó a mucha gente al espectáculo, era mil veces mejor que la versión universitaria de *El círculo de tiza caucasiano* o la *Sinfonía de los mil*

127

que nos recetó el Programa. En el fondo esa Altagracia es una verdadera poetisa de los arrabales. Qué tonto eres. El caso es que se aficionó a los basureros, no dudo que ya se haya echado varias odas al bote así como el egipcio le hizo su oda al futbol. La joda al futbol. Eligio, esos chistes primarios están definitivamente fuera de lugar. Ya vas. Entonces empezó a descubrir los tesoros de la basura, como si acabara de leer a Jung; habías de ver, ahora le dicen la Trash Digger, o la Excabasura. Todos los días va a ver qué tiraron allí los gringuetes del edificio, y eso que en el Kitty Hawk hay puros estudiantes de la Universidad, o sea: los jodidos de los jodidos, porque ningún gabacho que se dé a respetar viviría *allí*. Pero qué encuentra en la basura. ¿No te parece increíble el término, Eligio: Trash Digger? Te diré... En cuanto a tu pregunta déjame decirte que varias veces yo también me he dado mis vueltas a ver qué hay. No es creíble, Eligio, tiran sofás, sillones, sillas, alfombras, lámparas, cortinas, suéteres, pantalones, calcetines, bufandas, guantes, bolsos, gorras, y todo está en buenas condiciones, de veras, una vez el palestino se puso feliz porque encontró una bicicleta un poco oxidada de cinco velocidades a la que nada más le faltaba la cadena y un poco de grasa, ¿tú crees? Carajo, yo así me habría puesto feliz también. Olvídate, todos los participantes discretamente se dan sus vueltas, como yo comprendo, a ver qué encuentran. Siempre hay algo. Como te imaginarás, una de las que se las vive allí es la marrana Joyce, y ya ha excavado cajas y cajas de tampones usados/ Qué cabrona eres... Y un radio de aquellos de bulbos, un tapetito dizque persa, hasta un teléfono sin cables, ¿pero cómo te vas a llevar todo eso a tu país?, le preguntas y te contesta ya veré cómo, y enciende otro cigarrito. Antes, Eligio, todos iban escondiéndose a ver qué hallaban, sólo Altagracia, la flor de los pantanos, no lo ocultaba a nadie, al contrario, a todos les comentaba sus *hallazgos,* pero ahora ya nadie se esconde, y es común encontrar a otros colegas allí, bien hundidos en los botes.

Regresaron al Kitty Hawk un poco nerviosos, y a juzgar por las miraditas de los que encontraron era obvio que todos sabían lo que había ocurrido. En el campus encontraron a Wen y a Rick, pero ellos, discretísimos, los trataron con su cortesía habitual y sólo sus miradas chispeantes revelaron que estaban al tanto de todo. Carajo, esto es como vivir en vecindad, aquí el escritor come escritor. Lo más impresionante era el frío, que seguía anunciando la inminencia de la nieve. Becky, quien fue a buscarlos al Kitty Hawk, les hizo ver que se habían perdido varios acontecimientos importantes: la ponencia del erudito de Colombo, espléndida, y una fiesta en casa de un célebre científico ex premio Nobel, muy amigo de Rick y de Wen. También se habían perdido de un coctel en el First National Bank en el que los gentiles banqueros habían obsequiado a los participantes sendas monedas de cincuenta centavos que eran de *verdadera plata,* pero ellos no debían preocuparse porque Becky había guardado la de Susana y, en efecto, allí estaba reluciente y orgullosa de la faz de John F. Kennedy. Coño, qué generosos son los banquerillos, comentó Eligio, en español, y Becky lo miró fulminantemente. También se habían perdido la visita a una fábrica de tractores que patrocinaba el Programa; allí el obsequio había sido unos encantadores tractorcitos de juguete a escala perfecta, pero ésos sí, ni modo, sólo se regalaron a los que habían asistido. ¡Chin!, farseó Eligio, con la correspondiente mirada severa de Becky. ¿Y ese carro dónde lo consiguieron?, preguntó, con tono casual, y Eligio se hinchó de satisfacción al corroborar que la compra del Vega había sido un acontecimiento. Bueno, respondió Eligio con tono también casual, lo *adquirimos*, me temo que en este país es indispensable tener un automóvil porque los transportes públicos son una calamidad, ¿cómo lo pueden permitir? Han hecho ustedes muy bien, condescendió Becky, de esa manera tienen más *independencia*, e incluso, añadió, pensativa, podrían ayudarnos en la transportación de los participantes. De cualquier manera, agregó, cambiando el tono, yo quisiera alentarlos a que no se aparten mucho del Programa; en verdad nos sentimos como una familia. Claro, claro. Naturalmente, ustedes son dueños de su tiempo y pueden tomar las decisiones que les plazcan, pero no nos olviden, los extrañaremos. Susana bajó los ojos ruborizada, con mucha gracia, y Eligio no pudo más que pensar, como otras veces, que su esposa podía ser mejor actriz que él. En fin, Becky sólo quería recordarles que ese día había llegado Bill Murray, quien haría una lectura de sus poemas en la biblioteca de la Universidad, y seguramente no queremos perdernos ese acontecimiento, ¿verdad? Uy, claro que *no*. Despúes de la lectura Wen había invitado a cenar a unos pocos participantes del Programa, les informó Becky, un grupo pequeño para no atosigar al gran poeta, y por eso les suplicaba mucha discreción ante sus compañeros, para no herir la susceptibilidad de los que no habían sido invitados. Ni hablar, dijo Susana cuando Becky se hubo ido, se me hace que no podremos escapárnosles esta noche. Becky regresó. Ah, se me olvidaba, al día siguiente irían, *todos*, a la capital del estado a visitar varias cosas *importantísimas*, ya encontrarían más detalles en las hojas que les habían dejado en el buzón. Pero les podía adelantar que asistirían a la casa de una gran e influyente dama escritora que siempre había apoyado al Programa y que todos los años los invitaba a cenar. Allí conocerían lo más culto de la alta sociedad del estado, y aunque no ignoraba que a ellos, artistas auténticos, esas cosas no les apasionaban, sí les sugería que asistieran, por favor, que dejaran el coche y que viajaran con ellos en el autobús para cimentar la unión, y que llevasen, además, alguna ropa típica de su país para hacer más animada la fiesta.

En la noche, con más frío que nunca a pesar de las compras de emergencia de mamelucos y más pares de calcetines, Susana y Eligio fueron a la biblioteca de la Universidad, que se hallaba atestada, porque Bill Murray era el ídolo de muchos de los más jóvenes miembros del taller de la Universidad. Nadie quedó defraudado con el espectáculo de Murray, quien dijo sus poemas con acompañamiento de maracas, güiro, tumbadora y bongós, con proyecciones de big close-ups de películas pornográficas e incluso con estratégicas fanfarrias que sonaban increíblemente limpias y nítidas en el equipo de sonido de la biblioteca. Murray se había vestido con visor de natación al cual se conectaban dos pequeños tanques de oxígeno, porque, como dijo dalísticamente, sus poemas eran muy profundos. En un momento estuvo a punto de bajarse el traje de baño: no lo hizo del todo, pero sí se empinó de espaldas al público y enseñó el culo. Estaba *mucho* mejor el de la negra del estriptís, manitos, comentó Ramón muerto de la risa. Síscierto, el de este güey está muy peludo. Está diciéndonos que somos unos culos, agregó Ramón cuando amainó la risa. Unos *culeros*, querrás decir, corrigió Eligio. Por eso nos muestra el culo. ¡No *digas*!, rio Edmundo. Murray terminó su sesión con un consejo. Dijo a los jóvenes estudiantes del Taller de Literatura de la Universidad que si querían ser buenos escritores se largaran inmediatamente de ese centro de castración artística e intelectual, se los digo porque yo mismo lo viví, yo fui uno de los cretinos que gastaron los ahorros de su padre en esta Universidad piojosa, y después necesité más de quince años para quitarme de encima toda la estulticia que aquí me habían inyectado por vía enémica. ¿Quieren ser escritores?, repetía, casi a gritos, ¡entonces lárguense de aquí, pero ya! ¡No se dejen llenar la cabeza de basura!

¡Salgan a vivir, porque aquí son zombis! ¿Ya *viste*? ¡Muchos gringuitos están llorando!, exclamó Eligio. Yo también lo haría si estuviera en su lugar, explicó Ramón, piensa que vienen desde lugares remotos, tienen que pagar miles de dólares al año para estudiar en el taller de la Universidad, todos veneran al poeta, más porque él también estudió aquí que por su poesía, y de pronto el Gran Ídolo sale con que se larguen de aquí, pero ya, *y pierdan el dinero que han invertido*, ¿cómo no van a llorar? Lo patético es que nadie le hará caso. Pues a mí este Billy me parece divino, comentó Hércules, arrobado aún. A mí me parece espantoso, comentó Eligio, pero no hay duda de que ese cuate es de los míos.

La cena fue incómoda. Rick y Wen simplemente no podían respaldar la conducta de Murray; después de todo Rick había sido fundador del taller de la Universidad. Lo que salvó la sesión, al menos para Eligio, fue la comida, una sublime fondue oriental. Una gran olla con agua hirviente. Junto a la olla había tiras rebanadas de todo tipo de carnes de res, ternera, venado, becerro, cerdo y trozos de pescados, de langosta, camarones gigantes, jaibas, ostiones, abulón y, por supuesto, verduras, coliflores, cebollas, raíces de alfalfa, zanahorias, rábanos, corazones de alcachofa y semillas de chayote. Cada invitado disponía de largos palillos de bambú para pescar las carnes o las verduras, que después introducían en el agua ebullente, donde se cocían. Al final quedó un caldo espesísimo, y Eligio se llevó la noche porque, después de comer repetidas veces de todo, bebió tres tazas del caldo ultramixto, y porque fue el único que pudo con los legendarios chiles chinos que desde los comienzos del Programa habían aterrado a todo mundo. Varios los habían probado y pegaron de saltos con la boca ardiente, Eligio comió más de diez, sonriendo flemáticamente mientras los ingería y con grandes carcajadas al servirse de nuevo, lo que le ganó la estimación de Wen, ¡sólo los mexicanos que han venido al Programa han podido con estos picantes, pero usted, Eligio, supera a todos! Muchas gracias, señora, pero le suplicaría que pronunciase bien mi nombre: no es Ehllll-ihyyyiou sino *Eligio*. Vamos vamos, intervino Rick, no sea quisquilloso y comprenda que a los americanos se nos dificulta mucho pronunciar nombres extranjeros. Pero sí están muy pendientes de que los extranjeros pronuncien bien los suyos, ¿verdad? También a nosotros se nos dificultan. Además, su esposa no es *estadunidense* sino china. Eehhijjioh, repetía Wen en voz baja, sonriente ¡ya casi lo tengo! No haga usted caso de lo que dice Rick, usted tiene razón... amigo, defiéndase usted de los ciudadanos de los EU porque si no se lo tragan crudo.

Al día siguiente, Eligio y Susana pensaron que valía la pena ahorrar gasolina e ir a la capital en autobús, con todos los participantes. Evadieron el sector oriental, el socialista, el africano, el del Cercano Oriente y se acomodaron entre los latinoamericanos, Edmundo con un gran mapa del estado para conocer bien cada pueblito, eres estúpido, eruano, dijo Ramón, ¿no ves que vamos por una carretera interestatal y jamás podremos ver ningún pueblito? Estas carreteras pintan a Estados Unidos mejor que nada: una pista interminable por donde correr desaforadamente mientras la vida florece, inalcanzable, a los lados. ¡No mames!, rio Eligio, con la aprobación de Hércules, quien se había puesto un traje monísimo de marinerito y era la atracción del día. Yo me voy a dormir, avisó Eligio, hundiéndose en su asiento, cuando vio que el polaco subía en el autobús con Altagracia detrás de él. Todavía mostraba curaciones en el pómulo izquierdo, más sombrío que nunca. Yo también me voy a dormir, dijo Susana. Yo también, agregó Edmundo. Y yo, añadió Ramón. Pero, tan pronto como arrancaron, Rick, todo dinamismo, pidió que cantasen para amenizar el viaje. Al instante empezó con «My Bonnie», que supuestamente era una canción universal que todos los participantes estaban obligados a conocer. A «My Bonnie» siguieron «Three little indians», «Jack and Jill» y «Twinkle little star». ¿Ya viste?, decía Ramón, regocijado, al fin descubrimos el lado oscuro del Programa: ¡es un jardín de niños!

En la capital del estado, fueron a la casa más antigua del Medio Oeste, que resultó una mansión polvorienta construida en 1864 y que tenía un mobiliario convencionalmente elegante de sillas austriacas, salones Luis XV, alfombras orientales y terciopelos desteñidos. Cualquier rico de medio pelo en mi país tiene una casa mejor que ésta, y más *antigua*, comentó el egipcio con la nariz fruncida. Después fueron a conocer las instalaciones del mismísimo periódico que tanto execraban Ramón y Eligio, y Susana tuvo que taparle la boca a su marido para evitar que soltara insultos a esos periodistas que con una maquinaria ultrasofisticada sólo producían una sección amarilla disfrazada de periódico. De allí fueron a una compañía de seguros, que era la atracción número dos del viaje, ¿por qué?, preguntaban los escritores, ya verán, respondía Rick, gozoso. Lo que vieron fue que, en el último piso de un rascacielos desde donde se destacaban las calles siempre desiertas del centro, un hombre tan convencional como su elegancia les informó que estaban a punto de ver la mejor colección pictórica del Medio Oeste y una de las más importantes del país, que la aseguradora había comprado para el solaz espiritual de sus empleados; la aseguradora colaboraba con los gastos del Programa porque era consciente de la importancia de la cultura, así es que todos los escritores presentes debían de sentirse doblemente afortunados de estar allí ese día. La doble fortuna consistía en que eran participantes del Programa y en que verían los tesoros artísticos. ¿Te fijas?, comentó Ramón, estos yanquis siempre te dicen que *tú* eres afortunadísimo de estar aquí, y jamás dicen que *ellos* tienen la fortuna de contar con nosotros, ¡qué nuevorriquismo! ¡Qué país!, exclamó Eligio, quien jugaba gatos con Susana y procuraba, como ella, no mirar en dirección del polaco. El dueño de la aseguradora, porque eso era el hombre impecablemente planchado que les hablaba, les hizo un obsequio: un maletín de viaje, con el nombre de la compañía en grandes letras doradas, en cuyo interior encontraron un manual de primeros auxilios y una cajita con analgésicos y antiácidos. Seguramente los vamos a *necesitar*, consideró Ramón. Los tesoros artísticos se hallaban estratégicamente repartidos en los veintidós pisos del edificio, así que, divididos en dos grupos que se encontraban continuamente y procuraban ignorarse, avanzaron entre secciones de empleados todotraje y vieron los cuadros, debidamente abstractos, que coronaban, como diplomas, los cubículos reducidísimos de los empleados más agraciados. Pero mira tú, deberían fusilar al burócrata encargado de las adquisiciones, disertaba Ramón el Experto en Pintura Contemporánea; las firmas son inobjetables pero los cuadros todos corresponden a severos momentos de diarrea de los famosos. Pero Eligio se hallaba aterrado porque, al igual que en el periódico y en el aeropuerto de Chicago, el silencio que había en la aseguradora era impresionante. Esto enchina la piel, reveló a Susana, te juro que no soporto este silencio, no es *humano*, me cae. Cállate, mi amor, que estás haciendo que vea a cada empleado como robot con traje. ¿Se han fijado que nadie se atreve a mirarnos? Deben de tenerlo prohibidísimo. ¿No serán tímidos? Más bien ha de haber algún cañón de rayos láser empotrado en la pared, que fulmina a todo aquel que alce la vista.

Salieron de la aseguradora con los pies hinchados de tanto caminar, mas, para sorpresa colectiva, sólo hicieron una breve escala en un Holiday Inn, hay servicio de niñeras, para que los participantes pudieran ponerse los trajes típicos de sus países. Becky, la Gringuez, John y Myriam se encargaron después de pastorear a todos a la casa de la Rica Dama Escritora que Apoyaba el Programa. Se trataba de una obvia casa de rico, con pisos de parquet, cuadros abstractos que también eligió el encargado de adquisiciones de la aseguradora, larguísima mesa ¡e incluso mayordomo! Ya estaban allí varios invitados locales, todos personas sensibles que apreciaban el arte literario y mayores de setenta años, vestidos con smokings y trajes de noche. Los más dóciles del Programa lucían sus trajes folclóricos; el egipcio, una gran túnica blanca de grandes rayas e inscripciones; los chinos se habían puesto complicadas combinaciones de telas satinadas y mocasines muy lucidores; el nigeriano vestía otra túnica, sólo que dorada.

Eligio y Susana veían los cuadros cuando fueron saludados por un par de viejitos, quienes les preguntaron de dónde eran y qué habían escrito y si habían disfrutado de su estancia en Estados Unidos, ¡qué inmensa oportunidad para ustedes de haber podido venir aquí! También para ustedes, dijo Susana, paciente, es una gran oportunidad conocer a artistas de tantos países, ¿no es verdad? La verdad era que la pareja de viejitos ya había viajado por el Lejano y el Cercano Oriente, la India, el norte de África, Australia, América Latina y Europa, pero lo que les asombraba era ver que tanto Susana como Eligio *fumaban*, ¿no habían leído los reportes *científicos* acerca del daño que causa el tabaco?: cáncer, pérdida de energía, caída de pestañas, prominencias ventrales, halitosis e impotencia, entre otros. Por supuesto, concedió Eligio, encendiendo al instante un nuevo Delicados, aunque no pensaba hacerlo, para poder echar el humo a los senior citizens; pero la verdad es que nos gusta fumar para que se enojen los entrometidos en la salud ajena. Los ancianos sonrieron forzadamente y se fueron, con aire molesto. Los ofendiste, mi amor, no tienes vergüenza. Ellos son los que no tienen madre, ¿qué les importa si fumamos o no? Ellos contaminan más el ambiente con su pinche nuevorriquismo. Olvídate, Eligio, aquí todo mundo te vibra fuertísimo para que no fumes. Eso merece otro cigarrito. Dejaron de ver los cuadros porque Rick avisó que comenzaba la animación y con grandes rugidos pidió que todos se concentraran en torno a él. Primero lo hicieron los que soportaban los trajes típicos de sus países, después los demás participantes y al final los ancianos millonarios que miraban todo con aire aburrido y condescendiente. Rick y Wen pidieron que, para animar la fiesta, se cantaran canciones de cada país. Wen miró en dirección de Susana y Eligio, pero encontró una mirada tan fiera que mejor buscó otros voluntarios. Allí estaba el egipcio, quien prologó su canción anunciando que todo ese día había ayunado, él era un hombre religioso que veneraba las sacras costumbres de su país. Pinche egipcio de cagada, comentó Eligio, mueve las manitas como niño en entrega de premios. Seguramente le enseñaron esa cancioncilla cuando era escolar, dijo Edmundo. De la Escuela de Oportunistas, añadió Ramón. Al terminar su canción, el egipcio leyó el poema que había compuesto al llegar a esa noble casa, lo cual motivó sonrisas pacientes de la anfitriona. Susana pidió un cenicero, pero como el mayordomo la miró como si hubiera pedido una inyección de heroína, Edmundo se fue a la mesa y trajo un platón seguramente destinado a una ensalada. Allí tienen, escritorcillos, dijo, para que no derramen la ceniza.

Después del egipcio, uno de los chinos cantó, a instancias de Wen, una melodía con voz nerviosa y muy bajita, hasta que la misma Wen lo acompañó y al poco rato era un quinteto de chinos el que entonaba la sentida canción del terruño. Entusiasmada por el éxito, Wen pidió a la participante china que los deleitara con una canción de Beijing. La china era timidísima y quería y a la vez no quería, así es que sus paisanos la apoyaron para que no se inhibiera. La china asintió, pero cuando todos guardaron silencio la acometió un nuevo ataque de rubor. Anda, no temas, dijo Wen: también se había puesto un lucidor vestido negro de seda con flores estampadas que revelaba que aún tenía un cuerpo navegable, o al menos eso comunicó, en susurros, Eligio a Ramón, pero éste no estuvo de acuerdo, qué va, hombre, tiene cuerpo de pizza. Canta, te escuchamos, insistió Wen con voz dulce, y la china volvió a asentir, alucinada. Todos volvieron a guardar silencio, pero tampoco esa vez pudo cantar. Esto es inconcebible, oyó Eligio que comentaba la anfitriona millonaria, todos la estamos escuchando, ¿no es así?, ¿por qué no canta? Es una grosera, dijo otra voz susurrante. ¡No puedo!, reconoció finalmente la chinita, enrojecida al máximo, antes de salir corriendo hacia el jardín. Qué *tierna*, juzgó Ramón con una sonrisa displicente. Eligio lo codeó para que oyera a los viejitos, no entiendo cómo pudo suceder esto, todos la escuchaban, ¿qué quería? Pinches gringos, deslizó Eligio, estos pendejos creen que los changuitos extranjeros tienen la obligación de divertirlos. Además, agregó Ramón, de haber cantado también les habría parecido *mal*. Yo tengo hambre, anunció Hércules. ¿Se dan cuenta?, dijo Susana, es claro que toda esta gente ha envejecido repitiendo año con año esta misma fiesta, por eso están tan aburridos. Sí, dijo Hércules, por eso no les simpatizamos: encarnamos el Horror De Todos Los Años. ¡Que cante Hércules!, gritó Eligio, de repente. ¿Quién?, preguntó Rick. Hércules, esta cosa colombiana. No jodas, mexicano, dijo Hércules en español y sin perder la sonrisa. ¡Sí, paso a Colombia!, pidió Edmundo y Ramón lo apoyó: ¡que cante y que baile! ¡Y que se encuere!, añadió Eligio, ¡que nos haga un estriptís para que no se aburran! Los extravertidos del Programa empezaron a corear ¡que cante, que cante! y Hércules se puso de pie y empezó a cantar «La violetera». ¡Coño! rio Edmundo, este Hércules seguramente vio mil veces *El último cuplé*, mira qué bien agarró el numerito. ¡Mucha ropa, mucha ropa!, gritaba Eligio en español y los ancianos lo miraban con curiosidad,

¿qué dice?, se preguntaban, ¿miuscha roupa? Probably he wants him hanged with a rope or something, explicó Altagracia, quien presumía de entender un poco de español. Eligio estalló en aplausos cuando Hércules, con meneos bien ensayados, empezó a quitarse el saco marinero. Ramón codeó, feliz, a Edmundo para que viera cómo las expresiones de los ancianos dejaban la condescendencia y mostraban disgusto. Eligio encendió un cigarro y lo pasó a Hércules. Hércules procedió a fumar lánguidamente a la vez que se quitaba la camisa. ¡Mira, Herculillo usa *camiseta*, qué salvaje!, rio Eligio, ¡qué degenerado!, contribuyó Ramón. Todos los invitados se hallaban muy serios, y Wen y Rick sonreían nerviosamente hasta que, cuando Hércules empezó a desabotonarse la bragueta, Rick pegó un salto y aplaudió con una gran sonrisa, ¡eso es suficiente, gracias, amigo!, exclamó.

Rick dijo a todos que antes de comer sería bueno que cantaran alguna canción que todos conocieran, «My Bonnie». Con grandes ademanes, más de remero que de director de orquesta, Rick convocó el entusiasmo colectivo. Todos los participantes cantaron, pero varios dejaron de hacerlo al ver que prácticamente todos los ancianos seguían en silencio. Eligio se puso en pie cuando Rick terminó de dirigir la canción. ¡Pido la palabra! ¡Concedida!, aplaudió Rick. He advertido que todos los extranjeros cantamos «My Bonnie», ¿no tienes un cigarrito, mi amor?, pidió a Susana y continuó: sin embargo, el personal estadunidense, que no americano, se negó a hacerlo. Igualmente cualquiera puede darse cuenta que varios participantes del Programa trajeron vistosos trajes folclóricos, pero veo con pena que nuestros amigos de Estados Unidos lucen internacionales tuxedos y largos trajes de noche, ¿no habría sido justo que estos amables caballeros se vistieran con trajes de vaquero y, algún otro, de indio?, ¿y que las gentiles y viajadas damas se hubieran vestido como peregrinas del Mayflower o, cuando menos, con un disfraz de Halloween? Momento, ya acabo. Una última observación: estoy muy contento a pesar de que a muchas personas no les guste que fume, aclaró Eligio con un guiño y pidió con señas otro cigarro a Susana. Aquí hay excelentes bebidas y no dudo que la cena sea espectacular, pero estoy contento principalmente porque todo es nuevo para mí, ¿no sería deseable que los nobles ancianos aquí presentes se divirtieran también? ¿Será que estas personas, millonarias espiritualmente, ya están aburridas de presenciar la misma fiesta año con año? Ya acabo, ¡ya *acabo*!, quiero concluir, señores, pidiéndoles que se diviertan, ¡no sean rancheros! Con una rapidez extraordinaria Rick ya se había puesto en pie. Es cierto que cada año, dijo, recibimos las atenciones de nuestra anfitriona, una de las damas escritoras más apreciadas de todo el *país,* pero les aseguro que esto no es una rutina para nosotros ni para nuestra anfitriona ni para los invitados, todos nosotros estamos muy *contentos,* ¿o no es así?, concluyó volviéndose hacia la muy Apreciada y Querida Escritora, quien sonrió, fatigada. Vamos a cenar, fue todo lo que dijo. ¿Serían tan amables de ayudarnos?, pidió Becky sin ver a nadie, como pueden darse cuenta la servidumbre no es suficiente. Te hablan, Mamón, digo: Ramón. No, te hablan a ti, Eligio de la Chingada. No, le hablan al Eruano Uto. No, le hablan a Herculazo Raso.

Como nada aliviaba el ambiente, la mayoría de los participantes se concentró en beber, agrupados, como siempre, en sectores. Cuando salieron al jardín, supuestamente a ver las maravillas de jardinería japonesa de la anfitriona, varios lo hicieron con botellas. Todos se dieron cuenta pronto de que la salida al jardín no era tanto para apreciar las prodigiosas plantas bonsai sino para que el frío terminara por aniquilar la fiesta. Todos se despidieron y subieron al autobús, sin soltar las botellas. La casa de la escritora se hallaba en las afueras de la ciudad y el autobús tuvo que internarse en un camino vecinal. Dentro, la oscuridad era casi total, y sólo numerosas puntas brillantes de cigarros se desplazaban como luciérnagas borrachas. Sólo se escuchaban murmullos, risitas, suspiros y ruidos de líquidos bamboleantes y por eso todos saltaron cuando se oyó estruendosa la voz del nigeriano que bramaba: urination stop! urination stop! Todo mundo se soltó a reír, pero el autobús no se detuvo. Urination *stop*!, rugió de nuevo el nigeriano, que ahora se tambaleaba por el pasillo del autobús. ¿Qué dice?, preguntó Rick, que iba en el frente. Quiere orinar, le informó alguien. U-ri-na-tion stop!, insistió el nigeriano ya junto al chofer.

El autobús se detuvo y el nigeriano bajó, y allí mismo, bien visible por los faros del vehículo, procedió a orinar mientras exclamaba, desde el fondo de su corazón: ¡ahhhhh!, y después empinó la botella sin dejar de orinar. Eligio estaba muerto de la risa. No nos vamos a ir nunca de aquí, si sigue chupando y meando al mismo tiempo, ¡qué tipo! Ay Dios, murmuró Rick. El chofer apagó los faros y durante unos instantes se siguió escuchando el ruido del chorro caudaloso del nigeriano, quien finalmente subió de nuevo con un estentóreo ¡gracias! y empezó a cantar «My Bonnie», trastabillando. My bonnie lies over the oshun. Cayó encima de Becky. ¡Dios *mío*!, exclamó ella y lo empujó con todas sus fuerzas, my bonnie lies over the sea, en el momento en que el autobús arrancó y el movimiento hacía que el nigeriano se fuera al suelo. ¡Maldita sea!, gritó al ponerse en pie y en excelente inglés, ¿nadie tiene la decencia en este jodido autobús de esperar a que un escritor tome asiento? Oh bring back my bonnie to me!, cantó alguien. En el frente del autobús, Rick, Wen y Becky discutían en voz baja pero intensa. ¡Esto es una mierda!, gritó nuevamente el nigeriano, antes de bajar dejé aquí mi botella y ahora ya no está, ¿quién la tomó?, ¡devuélvanmela! Tú la tomaste, acusó Ramón en el más puro aliento helleriano. Claro, tú me lo ordenaste, ¿no?, respondió Edmundo dando un largo trago. Es un excelente etiqueta negra, dijo después. ¿Quién se robó mi botella? ¡Devuélvanmela! My *bottle* lies over the ocean, se oyó cantar, y todos contestaron al unísono: oh bring back my bottle to me! ¡Jodidos! ¡Pendejos! ¡Comemierdas! ¡Culeros! ¡Hijos de la chingada!, bramaba el nigeriano a todo volumen. Rick casi corrió por el pasillo hasta llegar a él. Por favor, Jerry, te estás propasando, ¡modérate! ¡Tú también te vas al culo, tú… fanático de futbol!, gritó el negro y se escuchó un golpe sordo y después un quejido. ¡Paren esta nave!, ordenó el nigeriano, ¡aquí mismo me bajo y no volveré jamás a este Programa de mierda, nido de oportunistas, arribistas, presuntuosos, pedantes, traidores, hijos de puta, culeros, culeros! Déjenlo bajar, se oyó decir a Rick con voz quejumbrosa, envejecida; que se vaya. ¡A un lado, culeros, jodidos, jodidos todos! El autobús se detuvo de golpe, abrió su puerta, y el nigeriano, con su túnica dorada, se perdió de vista.

El nigeriano desapareció del Programa y nadie supo con exactitud qué ocurrió con él, ya que Rick, Wen y Becky mostraron un hermetismo total y los escritores agotaron pronto las especulaciones: lo habían encarcelado, lo habían corrido del Programa, de la ciudad, del país; lo habían entregado a una horda de rednecks que el Programa importó del sur. Se aproximaba ya la fecha de las presentaciones de Susana y de Hércules —Ramón y Edmundo desde un principio se negaron a exponer—, y Susana ocupó la mayor parte de su tiempo en escribir su ponencia. Avanzaba con cautela, quería hacerlo muy bien y visitar con frecuencia la biblioteca de la Universidad, oye, no es nada mala la biblioteca de la Universidad, ¿eh? Eligio sonreía. Él ocupó el tiempo ayudando a Hércules, quien quería hacer una pequeña puesta en escena en vez de conferencia, y para eso Eligio era invaluable. Pronto formaron un grupito con la ayuda de Edmundo, la Gringuez, Irene e incluso Altagracia, quien se propuso como voluntaria y fue aceptada en el acto. Susana no protestó porque ni cuenta se daba: seguía preparando su conferencia y no le preocupaba que después de los ensayos, Eligio y los demás se fueran a beber como cosacos.

Todas las noches el frío arreciaba y Susana esperaba, con ansia creciente, que cayera la primera nevada; varias mañanas las plantas amanecieron escarchadas y el frío era más terrible que nunca, pero nada de nieve, no caía. Susana seguía trabajando, acompañada ahora de excelente música pues finalmente Eligio compró el equipo de sonido que tanto había deseado, y así, entre acordes schubertianos y mordiscos a las últimas manzanas de la temporada, Susana se desentendía de todo lo que ocurría en su derredor. Eligio llegaba al cuarto ya avanzada la noche, con fuertes olores a alcohol y se desplomaba como fardo, listo para hacer el amor a la mañana siguiente entre las brumas de la cruda. En momentos, Susana era atacada por un estado de ánimo prácticamente desconocido: infinidad de veces se había sentido deprimida, pero sus depresiones, con todo, eran cálidas, seductoras: una dulce inactividad que le despellejaba el alma y que la hacía querer llorar o escribir poemas que invariablemente rompía sin leerlos. En ocasiones pensaba en Slawomir. Simplemente no podía perdonarle a Eligio que lo hubiera golpeado aquella primera noche de verdadero frío. Susana se dio cuenta de que el polaco podría aplastar a Eligio, y sin embargo no quiso hacerlo, una extraña autoinmolación que en Susana se expandía y se convertía en una metáfora peculiarísima de… ¿qué? No poder penetrar en ese acertijo, si es que acaso existía, era algo que exaltaba la curiosidad de Susana y que la dejaba sin fuerzas, derretida en la cama, envuelta en adagios. Por último, Susana tenía que salir del cuarto, pero no se animaba a unirse al grupo que ensayaba entre carcajadas, botellas de ron, siempre riendo, siempre alegres. Susana los veía de lejos, en el umbral del salón del Kitty Hawk donde ensayaban, y después seguía su camino hacia el parque y el río.

Hércules fue el primero en presentar su ponencia. Los actores y el dramaturgo tuvieron un éxito absoluto, gracias a su entusiasmo, a todo tipo de morcillas léperas y apartes al público; supieron contagiar a los demás y, a la vez, dieron una amplia información crítica del teatro en Colombia. El entusiasmo fue tal que Wen, después de la sesión, invitó al grupo a cenar a su casa, donde se repitió la fondue múltiple y en la que Eligio acabó con el cuadro atragantándose de chiles chinos. Uno de los chinos, muy cortésmente, retó a Eligio a una competencia para ver quién comía más picantes. Eligio triunfó después de comer treinta y siete, puta madre, los últimos quince me los tuve que tragar *enteros*, explicaba Eligio al día siguiente cuando su diarrea ya era legendaria en el Kitty Hawk. Qué mal se puso Eligio, pensaba Susana, pero qué divertida nos dio a todos, pues entre los quejidos, pujidos, estertores, flatulencias, retortijones y visitas incontables al baño seguía teniendo humor para hacerse chistes suicidas. Hércules informó a Susana que había aprendido enfermería en sus años mozos, cuando era mozo de un hospital de Bogotá, y que con o sin su permiso él se encargaría de Eligio. Lo hizo: preparó caldos, compró kaopectate sin receta, vigiló la temperatura e incluso consiguió, quién sabe cómo, guayabas, excelentes vasoconstrictoras, y preparó un dulce que en verdad era delicioso y que a Eligio le hizo recordar el cuasiesotérico atole de guayaba que una vez, en Cuautla con los hermanos Gil, preparó Arturo Alarcón. A los tres días cesaron las fiebres y la diarrea, y Susana pudo concentrarse en dar los últimos toques al texto. Edmundo y Ramón lo leyeron y les pareció excelente, excelente, repetía Ramón. Llevaron el texto a las oficinas universitarias del Programa, para que lo fotocopiaran, pero cayó en manos de Becky, quien dictaminó que el inglés era muy idiomático y requería una corrección de estilo. Ella misma se propuso para hacerlo, con la ayuda de la Gringuez; Susana y Ramón se aterraron, pero a fin de cuentas Becky no sólo corrigió el inglés sino que lo hizo excelente, excelente repetía Ramón. Becky y la Gringuez se desvelaron remecanografiando el opus magnum, y lo tuvieron listo a la hora exacta de la sesión, cuando Susana rezaba entredientes para que Becky no fuera a salir con una broma de represalia. De ninguna manera: Becky llegó cargada de cuartillas, apenas pudimos engraparlas, explicó. Susana decidió a última hora que Eligio leyera su presentación, y Eligio se lució. Leyó con serenidad, con toda corrección y los matices justos, y el texto sonó sumamente bien. Wen, Rick seguía enfermo, se puso en pie y abrazó a Susana; le dijo, en voz baja, que la suya había sido la mejor presentación que había oído en años, que era una ensayista muy lúcida. De nuevo invitó a cenar a su casa, pero en esa ocasión únicamente asistieron Susana y Eligio, y ellos se sintieron extraños al estar solos con Wen y Rick, aunque este último no les hacía mucho caso y se retiró temprano. Wen les contó de su niñez y su adolescencia en China, primero en el continente y después en Taiwán. Susana se asombró al darse cuenta de que el ambiente era muy agradable: Wen, Eligio y ella conversaban casi como amigos, sin defensas y con gusto, y eso la hizo considerar que, aunque jamás lo hubiera imaginado, había acabado aclimatándose a la ciudad; en ese momento le parecía sumamente lejano el día en que Becky y la Gringuez la habían recibido en el aeropuerto de Little Rapids, y muy lejano también el día en que se llevó la sorpresa del siglo cuando vio a Eligio allí mismo, saliendo del biombo, ¡qué tipo!

Después de la presentación, Susana entró en un extraño vacío; todo lo que había escrito y también, indirectamente, la puesta en escena de sus amigos, la había dejado agotada, y con una necesidad que no llegaba a definirse y que en momentos parecía indicar que había llegado el momento de volver a casa; después de todo, con su presentación habían concluido las actividades formales del Programa y sólo quedaban algunas lecturas en una librería. No quiso acompañar a Eligio las veces en que él y los amigos fueron de excursión a los bares de la ciudad. Irene ni siquiera le inspiraba celos, aunque advertía que la jovencita seguía reverenciando a Eligio; él, en cambio, la trataba con la misma camaradería y brusquedades que dedicaba a los demás; en momentos pensó que algo extraño estaba ocurriendo, pero no sintió una gran curiosidad por averiguar qué era; en realidad, Susana no quería pensar en nada de eso. Daba largos paseos, oyendo música con la grabadora de audífonos por el parque helado. Ya se habían suprimido los juegos mecánicos y eran pocos los que deambulaban con sus parkas y botas para el frío.

Un día, Eligio despertó y no halló a Susana junto a él. No le sorprendió, ya eran varias las ocasiones en que ella se levantaba temprano para pasear por el parque. Calmosamente Eligio se vistió, se lavó y pasó al desayunador, donde Joyce huyó al verlo. Se hizo un sándwich y fue a comerlo a la ventana, casi seguro de que vería a Susana leyendo sentada cerca del río. Pero no la vio.

El cielo estaba nublado y soplaban fuertes ráfagas de viento. A Eligio le pareció ver algo extraño y miró con atención hacia afuera. ¡Claro! ¡Estaba nevando finalmente! Primero eran unos copos que más bien parecían trozos de granizo aguado que, con el viento, se desplazaban por la avenida, serpenteaban vertiginosamente a causa de las corrientes de aire. La nieve comenzó a caer con más fuerza, y Eligio se dio cuenta de que su corazón se bamboleaba y de que se hallaba feliz ante el espectáculo. La nieve caía con una callada persistencia y se acumulaba en el suelo. Era una bendición contemplar cómo el pasto reseco del parque, junto al río, se iba cubriendo de una fina capa blanquísima, definitivamente lo más blanco que existe es la nieve, reflexionó Eligio, ¡carajo, dónde estará Susana!, pensó después; le habría gustado mucho que los dos estuvieran juntos en esa primera nevada, no era buen augurio que en ese momento cada quien anduviera por su lado. De repente se descubrió lleno de energía y supo que tendría que bajar inmediatamente a la calle a correr entre el viento helado, a abrir la boca y tragar nieve, a hacer las primeras bolas como ya lo hacían varios participantes del Programa: allí andaban los chinos, y Ramón y Edmundo y Hércules, muy divertidos bajo la nevada que cada vez era más fuerte; ya le estaba costando trabajo distinguir bien las figuras allá abajo.

En ese momento oyó un estrépito en la puerta del cuarto. Fue hacia allá al instante, pensando que Susana habría olvidado su llave y vendría para arrastrarlo abajo, a la nieve, pero quien entró como tifón fue Altagracia; venía furiosa porque, según ella, esa maldita Susana de nuevo le había robado a su hombre, sí, al polaco, ¿a quién si no?, los dos hijos de perra se habían largado del Programa. Eligio se quedó helado, y Altagracia seguía pegando de gritos, casi histérica, diciendo si estaba sordo o era estúpido o las dos cosas, se habían *largado*, ¿no lo podía comprender?, ¡se habían ido! ¿A dónde, a dónde?, rugió Eligio, de pronto impaciente, reprimiendo los deseos de despellejar viva a esa maldita oriental. Altagracia no sabía a dónde, pero sabía que el húngaro y el checo también se habían ido, y ella creía que estarían en Chicago, pues desde tiempo antes querían conocer a Saul Bellow, ya que el Programa ni lo había invitado ni había organizado una excursión para visitarlo. Uno de los socialistas se había quedado, quizá él supiera algo más.

Eligio salió corriendo del cuarto, bajó varios pisos a grandes zancadas y llegó al cuarto del poeta rumano, quien, al ver llegar a Eligio, luchó por borrar el sobresalto y la palidez y alcanzó a decir que sus amigos habían planeado hospedarse en una especie de albergue de la Asociación de Jóvenes Cristianos. Eligio regresó a su cuarto, saltando de dos en dos los escalones. Echó ropa en una maleta y después fue a la cocina. Hurgó entre unos estantes y de una jarra obtuvo la pistola calibre veinticinco. Se la metió bajo el cinturón y regresó al cuarto. Estaba dominado por una fuerza ardiente, como si cada cinco segundos lo bañara un perol de aceite hirviendo, y no quería pensar, pero no podía evitarlo, hija de la chingada, pinche vieja puta, qué calladito se lo tenía, seguramente había estado viéndose con ese polaco de mierda desde quién sabe cuánto tiempo antes, y él, de estúpido, había confiado enteramente en ella, ni siquiera le pasó por la cabeza la posibilidad de que Susana reincidiera con ese culero y mucho menos que se largara con él, pero ya vería, esta vez sí iba a partirle toda la madre a ese albino estúpido, mientras más grandotes más imbéciles, y a Susana la iba a dejar plana a cintarazos. Pendeja, pendeja, se repetía, no lo conocía, no sabía de lo que era capaz. En la cama del cuarto Altagracia lloraba, y Eligio, al verla, sintió una cólera helada. A ver, tú, mueve tu culo de aquí, vámonos pa' fuera, órale, le dijo, pero ella no le hizo caso, y Eligio contuvo la necesidad de darle una tanda de patadas; sólo la pescó de los hombros y la sacó del cuarto a empujones.

Afuera, Eligio echó a correr, bajó las escaleras en un instante y pronto se hallaba en el estacionamiento del Kitty Hawk, donde la nieve caía sin cesar y el piso del estacionamiento se había cubierto de nieve chocolatosa por el tránsito de autos y gente. Ni siquiera sentía frío cuando se metió en su coche. Acababa de accionar el arranque cuando, junto a él, se estacionó la camioneta del Programa. ¿Piensas *salir*?, le preguntó Becky con nubes de vaho en la boca, después de bajar la ventanilla. Eligio ni siquiera le contestó y se concentró en tratar de echar a andar el motor, que estaba helado. ¡No salgas!, insistió Becky, las calles están imposibles por la nieve y tu auto ni siquiera tiene llantas adecuadas, las autoridades de la ciudad aún no despejan la nieve de las calles, la tormenta está muy muy fuerte. El Vega logró arrancar finalmente y Eligio metió la reversa cuando, de pronto, se volvió hacia Becky. ¿Cómo llego a Chicago?, le preguntó. ¿*A Chicago*?, repitió Becky, desconcertada. ¡Sí, a Chicago, con un carajo, dime qué puta carretera tengo que tomar! No me gustan *nada* tus modales, replicó Becky, ofendida; pero te diré que a Chicago se va por la interestatal 80, y ya sabes, tú puedes hacer lo que quieras pero es suicida salir con este tiempo, por la radio han avisado que la tormenta durará mucho más tiempo aún y se recomendó a los motoristas que no salieran salvo en casos de verdadera urgencia, y tú no tienes ninguna experiencia manejando en la nieve. ¡Vete a la mierda!, gritó Eligio, en español, y salió a toda velocidad: el Vega se coleó con fuerza y Eligio se aterró cuando metió el pedal del freno hasta el fondo y el auto no se detuvo, sino que empezó a patinar rabiosamente en un montón de nieve blanda. Eligio volvió a acelerar, en la madre, pensó, creo que tiene razón esa pinche flaca; el auto logró desatascarse y salió disparado hacia adelante.

Tomó la avenida principal y ésta, a los pocos metros, lo llevó a la carretera, donde, para su alivio, advirtió que no había tanta nieve, ya que el viento la barría hacia los lados; varios vehículos transitaban por allí, camiones de carga principalmente, y aunque todos manejaban con prudencia no iban tan despacio. Eligio se pegó a un gran tráiler que corría a noventa kilómetros por hora y se fue detrás de él, con los ojos muy abiertos y las manos sudorosas: cada vez más advertía los peligros de manejar en esas condiciones y mientras más alerta trataba de estar, mayor angustia experimentaba. El viento soplaba con furia y zarandeaba al cochecito.

Tres horas después la tormenta empezó a amainar. En esa parte de la carretera alguien había despejado la nieve; eso permitió que Eligio se relajara un poco. Pudo ver que en su derredor todo era de una blancura interminable, la nieve se perdía en los horizontes. Eligio manejó sin detenerse, con el cuerpo engarrotado, ya que por las premuras olvidó ponerse todo lo que acostumbraba para no sentir tanto frío: dos pares de calcetas, ropa interior térmica, camisa de franela de manga larga, chaleco, grueso chamarrón, guantes, bufanda, gorro y orejeras. En ese momento sólo se había echado encima la chamarra pero sentía que sus piernas se iban a astillar de tan heladas. Sólo se detuvo a cargar gasolina, a entrar en el baño y a comprar un mapa de Illinois, donde ya se encontraba. Cuando regresó al auto, el dependiente le preguntó si iba muy lejos. A Chicago, respondió Eligio, viendo suspicazmente al joven de greñas rubias que sonreía, divertido. ¿Por qué? ¿No le ha dado problemas su carro? Hasta el momento no, ¿por qué?, insistió Eligio. Es que estos Vegas salieron muy malos, a cada rato se descomponen y si se quieren vender, hay que darlos muy baratos. ¿Como cuánto costaría este coche, entonces? Pues unos doscientos dólares. ¡Muchas *gracias*!, exclamó Eligio y rearrancó rogando porque el Vega no fuera a dejarlo tirado en plena nieve, con razón me lo dieron tan barato, pensó, muy atento a todas las señales de la carretera, las desviaciones a pueblos que él nunca llegaba a ver porque lo impedían los muros de la carretera, que era muy amplia. Más adelante empezó a sentir hambre, pero no se detuvo, quería conservar su estado de ánimo, esa cólera ardiente que lo bañaba cada vez que pensaba en Susana y el polaco. No quería calmarse para nada, sino llegar a Chicago con una hoguera

158

rabiosa por dentro, no escuchar nada de lo que le quisieran decir, si es que querían decirle algo, y poder acabar a patadas con los dos hijos de la chingada.

Ya estaba avanzada la tarde cuando cambió de carretera hacia Chicago que, por otra parte, ya debía estar cerca. Allí también había nevado pero la carretera ya estaba despejada y él corrió a todo lo que daba el Vega; ya se había acostumbrado a lo resbaloso del asfalto y, además, otros vehículos iban a más de cien kilómetros por hora. Era de noche cuando al fin entró en Chicago, por una zona que se parecía muchísimo a cualquiera de las entradas de las ciudades que había visto en Estados Unidos. A Eligio no le interesaba lo que veía, sólo quería llegar al centro y allí averiguar dónde se encontraba ese albergue de los Jóvenes Cristianos, qué pendejos socialistas, pensó, ve nomás a dónde se fueron a meter. Eligio recorrió calles sin saber por dónde se encontraba, aunque tenía la impresión de hallarse cerca del centro. Siguió manejando hasta que, de pronto, llegó a una amplia avenida que costeaba el lago, cuyas olas se estrellaban con furia en la playa. Parecía el mar, decidió Eligio viendo el agua encrespada por el viento a lo lejos.

Detuvo el auto y caminó a la orilla del agua, con un frío cada vez más terrible. Los dientes le castañeteaban y continuamente se frotaba los muslos. No supo cuánto tiempo permaneció allí, frente a las olas que rompían, escuchando sin escuchar el fragor del viento. No sabía en qué momento había perdido todas las fuerzas y en ese momento se sin-

159

tió desolado, pequeñísimo frente al lago embravecido y con los inmensos edificios bien iluminados, seguramente calientitos y acogedores, a sus espaldas. Supo que se hallaba más lejos que nunca de casa, pero su casa no era el departamento de la ciudad de México sino un impreciso centro dentro de sí mismo, el cohabitado por Susana. Qué lejos se hallaba, en el perfecto culo del mundo. Vio pasar a unos muchachos, bien protegidos del frío, que hablaban a gritos, festivamente, y a Eligio le parecieron seres de otra galaxia que se comunicaban en un idioma incomprensible pues nada de lo que gritaban se podía entender; eran entidades vagas, delgadas, con atuendos extraños que subrayaban la manera como la mente de Eligio se expandía en explosiones lentas pero indetenibles, su conciencia se fragmentaba, se alejaba en cámara lenta en todas direcciones. Encontró una banca y allí se desplomó, con más frío que nunca; jamás imaginó que pudiera existir un frío tan terrible, que penetrara hasta lo más interno de sus huesos; le daban ganas de llorar y petrificarse, la nueva estatua de sal frente al lago, pero sería inútil porque seguramente sus lágrimas se congelarían tan pronto salieran y colgarían como estalactitas de sus pestañas: el peso de su llanto, el llanto sin cesar que empezaba a fluir con lentitud de su mirada, las brumas acuosas que borraban los contornos, una mancha gris y rabiosa, con puntas verdes, se agitaba frente a él; él mismo era esa mancha grisácea que empezaba a cristalizarse, con aristas más filosas que las de su desesperación; lloraba a moco tendido, a gritos, sin querer controlarse, vaciándose a través del llanto, sintiendo que con cada espasmo de él escapaban largas y viscosas fibras de color gris, el color de la muerte.

No supo cuánto tiempo lloró en esa banca, y se sobresaltó al volver a experimentar el frío con su máximo rigor. Dentro de esa cápsula de grisura todo perdía su forma, aunque tampoco había ni frío ni calor. Sus dedos, bajo los guantes, estaban húmedos y rigidizados, y los pies, a pesar de las botas, le dolían, cualquier mínimo movimiento desplegaba abanicos de sufrimiento que ascendían hasta cimbrar su cabeza. Resopló fuertemente y formó una revuelta nube de vaho. Se puso en pie sacudiendo la cabeza para recuperar la lucidez. Durante unos segundos no supo ni dónde se hallaba ni qué hacía allí, sólo era consciente del frío tan espantoso que hacía, todo era un inmenso pozo de vaciedad en el que pendían algunas luces; sí, se dio cuenta después, unas embarcaciones se zarandeaban en el lago, éste es el lago Michigan, estoy en Chicago, soy Eligio a la caza de mi mujer. Reflejos en el agua de las luces de los edificios. Qué frío. Estaba nevando nuevamente y Eligio alzó el rostro, pero la nieve no lo mojaba como la lluvia, simplemente depositaba su presencia suavemente, acariciándolo, besando su frente para que muriera mejor.

Este pensamiento le devolvió la lucidez y supo que tenía que comer algo, se hallaba tan débil que le costaba trabajo erguir la cabeza. Había que comer, alimentarse, de otra manera iba a llegar con Susana a desplomarse ante ella, a pedirle un refugio en la tormenta. Regresó al auto y en esa ocasión manejó despacio y con mucho cuidado: su mente se iba, le costaba un gran esfuerzo concentrarse y ver, afuera, los pocos autos que transitaban con lentitud: esos vehículos, como el suyo, eran de una fragilidad aparatosa en la nieve que caía serena y maravillosa. Se detuvo en un restorán, y en lo que le servían la comida fue al teléfono público, descolgó la guía telefónica y localizó la dirección del albergue. Estuvo a punto de salir como fiera, pero en ese momento sentía más frío que nunca a pesar de la calefacción del local, y prefirió esperar y comer. Ellos no se le iban a escapar, claro que los encontraría y ya verían, ya verían... Comió con lentitud e incluso advirtió que la comida era pésima. No le importó. Luchaba por ignorar que en ese restorancito había una calidez que invitaba a quedarse allí por siempre.

Al salir se detuvo en una gasolinera, cargó el tanque y después extrajo un mapa de la ciudad de una máquina. Regresó al auto, pero éste se hallaba tan frío como la calle, así es que volvió al restorán y revisó el mapa con detenimiento hasta que sintió que se orientaba y supo por dónde enfilar para llegar al albergue. Echó a andar el coche y tuvo que dar infinidad de vueltas; la tormenta había arreciado, el Vega patinaba a cada instante y en varias ocasiones el pedal del freno simplemente se hundió hasta el fondo y Eligio tuvo que frenar con las velocidades cuando estaba a punto de estrellarse.

Nevaba más que nunca cuando llegó al albergue de la Asociación de Jóvenes Cristianos. Logró encontrar dónde estacionar el Vega y caminó al albergue. Para su sorpresa descubrió al checo caminando con rapidez, a causa del frío, con una bolsa de comestibles. Eligio se agazapó en la pared para que el checo no lo viera, lo dejó pasar y después lo siguió, comprobando que la pistola continuaba en su lugar. El checo entró en el albergue y sacudió su abrigo para quitarse la nieve. El húngaro leía un periódico en el pequeño lobby; el checo lo alcanzó, cruzaron unas palabras y se perdieron por un pasillo. Eligio los siguió, silenciosamente, quitándose la nieve de la ropa para no parecer fuera de sitio allí, y vio que el checo y el húngaro se metían en un cuarto. Por aquí deben estar los otros dos, pensó. Se quedó mirando las puertas vecinas y trató de adivinar dónde estaban el polaco y su mujer, pero como no tuvo la menor idea regresó al lobby a preguntar en la administración, aunque hubiera preferido evitarlo. Sin embargo, a pocos pasos vio otro pasillo y sin saber por qué se fue por allí. Fue a dar a una puerta que decía EXIT. La abrió. Conducía a un callejón, donde se podían ver las escaleras de emergencia del edificio. Seguía nevando copiosamente, pero Eligio ya no sentía frío. Cerró la puerta con grandes cuidados y durante unos segundos se quedó al pie de las escaleras, en el callejón oscuro y silencioso. Del otro lado sólo se veían las bardas de casas pequeñas, seguramente se hallaba en un sitio céntrico de gente más bien pobre. En la pared del edificio había ventanas. Eligio avanzó, con la boca reseca y la mano aferrada a la cacha de la pistola. Algunas ventanas dejaban ver franjas de luz y Eligio se asomó. Vio cuartos vacíos, mobiliario pobre, gente desconocida, y después le pareció que se hallaba frente al cuarto del checo y del húngaro, porque se oían voces masculinas hablando en un idioma inentendible. Avanzó a la siguiente ventana, que tenía las cortinas corridas. En la parte superior faltaban algunos ganchos y seguramente se podría ver el interior. Eligio miró en todas direcciones, no había nadie a la vista, y sigilosamente empujó un par de enormes botes de basura. Trepó en ellos con dificultad, jadeando por el esfuerzo: sus piernas estaban casi paralizadas y moverlas costaba un agudo dolor en las rodillas. Logró equilibrarse en los dos botes y se irguió para ver a través del hueco de la ventana. Dentro la calefacción estaba tan alta que los cristales se habían empañado y sólo se podía ver hacia dentro por algunas partes.

Susana vestía una holgada camiseta de hombre y nada más. Algo la hizo detenerse y otear el ambiente. Durante fragmentos de segundo se quedó muy quieta, con la nariz alzada, y apenas deglutió el trozo de manzana que tenía en la boca. Se mordió los labios. Había palidecido terriblemente. Eligio la vio volverse con rapidez. Alguien la llamaba. Eligio barrió la mirada hasta localizar una cama donde se encontraba el polaco, al parecer desnudo bajo las sábanas. A pesar del empañamiento de los cristales Eligio vio a su esposa, mordisqueando la manzana, aproximarse al polaco, quien la veía, silencioso, desde la cama. Eligio se hallaba absolutamente paralizado, salvo su corazón que parecía querérsele salir por la boca. Conservaba la mano bien adherida a la pistola, pero nada de él se movía, era como si se hubiera congelado allí, como si el tiempo se hubiera comprimido totalmente y sólo transcurriera un movimiento casi imperceptible de cenizas secas. Como si se hallara en uno de esos estúpidos sueños en los que no se podía mover por más que lo intentara; mientras más trataba de actuar, mayor era la sujeción que lo dominaba: Eligio se tenía que quedar allí quieto, indemne, viendo lo que no quería ver, lo que le generaba las sensaciones más contradictorias y simultáneas: un desintegrarse de todo su cuerpo, un violento peso en el sexo, un calor que lo quemaba y que a la vez lo congelaba. Sintió como si una sombra ardiente, viscosa, se desplomara sobre él y le succionara toda la fuerza, lo hiciera abrir la boca hasta desencajarla casi: los ojos desorbitados, pálido como cadáver, con una erección inadmisible, dolorosa, ajena a él, llena de un vigor ultrajante; él no disponía de ninguna fuerza para disparar, para pegar de gritos, para acariciar los cristales. Continuó paralizado sobre los botes de basura, llorando silenciosamente, con la garganta reseca, sostenido apenas por un último aliento.

Susana abrió los ojos y se dio cuenta claramente de que Eligio la miraba por detrás del vidrio empañado y con una pistola en la mano. En ese momento también el polaco empujó contra ella salvajemente y Susana ahogó un gritó

y se desmadejó entre convulsiones, con la boca abierta, sali-
veante, los ojos totalmente blancos. Eligio apenas reparó
en que la mirada que le dedicó Susana había sido la más
terrible, un destello de luz neutra, sin coloración, que penetró sin obstrucciones hasta lo más profundo de él como si
Eligio sólo fuera una extensión de ella, ambos una célula
que vibraba con tal fuerza que acabaría estallando. Apenas
pudo darse cuenta de que había perdido el equilibrio y
estaba a punto de caer; trató de sujetarse como pudo pero
no lo logró y cayó pesadamente, de espaldas, sobre la nieve,
entre platillazos de los botes de basura.

Se puso en pie de un salto y fue a la puerta que llevaba
al interior del albergue. Estaba cerrada. Eligio forcejeó con
ella unos instantes, pero comprendió lo inútil de todo eso
y echó a correr por el callejón. Llegó a la calle, encontró
la entrada del edificio, atravesó el lobby a toda velocidad,
llegó al pasillo, rebasó la puerta del checo y del húngaro y
se lanzó a la siguiente. Estaba abierta y eso lo desconcertó
momentáneamente. Ya estaba dentro, con la pistola en la
mano. Susana de pie junto a la cama, desnuda, lo miraba
como al ángel exterminador. El polaco seguía en la cama,
había encendido un cigarro y veía a Eligio con ojos oscurí-
simos que parecían aceite espeso, estancado. Eligio estuvo
a punto de soltar toda la carga de la pistola sobre esos ojos
pero se contuvo y se abalanzó sobre el polaco, como en un
relámpago pensó que era absurdo irrumpir allí entre esa
pareja extraña y desnuda mientras él estaba cubierto de

nieve hasta la nariz; pero ya descargaba la cacha de la pistola con fuerza sobre la cabeza del polaco, que se abrió al instante y manó sangre abundantemente. El polaco seguía mirándolo con los ojos vacíos, sin ninguna exclamación de dolor; su mirada eran tan ausente que Eligio titubeó unos instantes, con el arma en lo alto. En ese momento Susana fue a él y trató de quitarle la pistola. Eligio la hizo a un lado con ferocidad y volvió a descargar la cacha sobre el polaco, quien siguió sin quejarse cuando otro estallido de sangre brotó en la frente de grandes entradas. Eligio pensó que en ese momento se rompía un inmenso cristal que hermetizaba todo y pudo escuchar al fin que Susana chillaba *¡déjalo, mi amor, déjalo, no lo vayas a matar!* Eligio se volvió a Susana, desconcertado en lo más hondo porque todo resultaba como jamás lo hubiera imaginado, definitivamente no era como debía de ser. Sintió un odio vivísimo hacia Susana y, con todas sus fuerzas, la hizo a un lado y después se volvió hacia el polaco gritándole ¡lárgate de aquí, lárgate, hijo de perra! El polaco se llevó las manos a la herida, miró nuevamente a Eligio con sus ojos sin final y lentamente se puso en pie, un poco trastabillante, mientras Eligio chillaba ¡dile que se largue, Susana, dile que se vaya! El polaco se echó encima una bata y salió al pasillo, cerrando la puerta de un golpazo, quizá porque había gente allí y no quiso que nadie se asomara hacia dentro.

Susana se había sentado en el borde de la cama, con la expresión más dura y tensa que Eligio le había visto jamás. Él no supo qué hacer, estuvo a punto de soltarse a llorar desesperadamente como antes, en el lago, pero logró contenerse y se dio cuenta de que su voz era chillante, hiriente, áspera, al decir ¡vístete inmediatamente porque nos vamos de aquí! Susana no pareció escucharlo, sólo continuó mirando la pared, con el rostro descompuesto. ¡Te estoy diciendo que te vistas porque ahora mismo nos largamos!, ¿no oíste? Susana finalmente alzó la cabeza, como si reparara en Eligio por primera vez, y él se sorprendió al advertir que la voz de ella era hueca y decía no, no, no me voy contigo. Eligio sintió que sus piernas flaqueaban, si no hacía algo iba a acabar desmayándose. ¡Cómo que no vienes!, gritó, blandiendo la pistola, ¡tú te vistes y te vienes conmigo! No voy, reiteró Susana, con la voz helada. Eligio la tomó de los cabellos y la tironeó, ¡pendeja!, le decía, ¡eres una pendeja! ¡Yo soy tu marido, y te vienes conmigo, pero ya! Tú no eres mi marido, replicó Susana, con la voz muy fría, tú eres un hombre que no conozco, ¡no te conozco!, exclamó finalmente. Eligio la zarandeó, con fuerza, y después la arrojó a la cama. Febrilmente tomó la maleta de Susana y empezó a echar en ella todo lo que veía, sin fijarse. Se hallaba a punto de llorar a grito pelado o de tirarse a dormir para siempre o de balear a su esposa, pero en vez de eso le arrojó la ropa que encontró sobre una silla, ¡vístete, vístete por lo que más quieras!, le gritó, pero su voz era suplicante. Luchaba contra la necesidad de tirarse a los pies de Susana, de lamerle los dedos, de arroparla y llevarla a la cama.

Susana fue llevada a empujones y a punta de pistola hasta el automóvil, y Eligio se lanzó de nuevo entre la nieve que seguía cayendo, ahora revuelta con lluvia: era un espectáculo alucinante pero muy inapropiado con las luces que se reflejaban en el parabrisas. Susana no advertía nada de eso, desde que subió en el Vega se despeñó en un mutismo casi total, y como Eligio tampoco quiso decir palabra alguna, los dos viajaron en silencio, procurando no mirarse, con dificultades para respirar normalmente. El silencio era tenso y los dos tenían que respirar con la boca abierta para controlarse. Susana se sentía fatigada, casi sin fuerzas, pero llena de ira helada. Su mente se había poblado de imágenes de lo que acababa de ocurrir en el albergue de Chicago y los recuerdos no la dejaban pensar y la despeñaban en la desesperación. No sabía qué podría ocurrir, pero estaba segura de que su relación con Eligio acababa de echarse a perder definitivamente. La imagen del rostro de Eligio tras el cristal empañado se había metido tan adentro que, pensaba, ya *jamás* podría ver directamente a su marido sin revivir todo lo que había acontecido. No lograba sentir nada por Slawomir, por otra parte, sino cierta compasión y la eterna fascinación por su conducta; de alguna manera ella lo había manipulado, aunque sin duda a él le tocaba. Por algo sería. En el viaje a Chicago había tratado, por primera vez, de establecer una verdadera comunicación con el polaco; le preguntó por el lugar donde había nacido, su familia, su infancia, cómo descubrió la poesía, sus estudios; había querido saber dónde vivía, con quién, cómo se sostenía, cómo escribía, quiénes eran sus amigos; por último, lo interrogó sobre la situación en su país, después del golpe de Estado de los militares. Slawomir no respondió nada, escuchó lo que ella decía pero no abrió la boca. Susana creyó detectar en él algo monumental que lo forzaba al mutismo, y especuló si, como Eligio había sugerido, no se debería a un problema de conciencia. Eligio había asegurado que el polaco era un colaboracionista, un oportunista de mierda, de otra manera jamás habría podido salir de Polonia; en varios momentos Susana lo creía, en especial cuando se daba cuenta de que empezaban a irritarla los silencios del polaco, *algo* podría decir, ¿o no?, cualquier cosa, pero, de pronto, surgía la hipótesis de que Slawomir había sido obligado a asistir al Programa con forzada y sui géneris representación oficial. Al poco rato las especulaciones se desvanecían, ya que, al margen de lo que había leído en los periódicos, y fuera de unos inconexos conocimientos de la historia de Polonia, todo lo que Slawomir y su país representaban se hundía en un misterio hermético. Susana no podía decidir qué la llevaba hacia el polaco. Desde un principio él la había tratado con indiferencia, casi con dureza, y ella tradujo esa conducta como manifestaciones bárbaras de ternura y de necesidad de cariño. Desde antes de que Eligio llegara al Programa, en verdad desquiciando muchas cosas, Susana se había inquirido qué hacer con el polaco. Después de la patética experiencia con el judío, Susana había decidido, sin formulárselo directamente, no involucrarse más con nadie y dedicarse a escribir para no desaprovechar las vacas gordas que al parecer habían comenzado en México desde el momento en que supo que asistiría al Programa. Pero, después, nunca pudo evitar que el polaco ejerciera sobre ella una atracción que jamás había experimentado. Esa atracción, un verdadero fascinosum, pensaba, era aún más incomprensible por el hecho de que Slawomir jamás la cortejó, ni siquiera hablaba con ella, solamente se acomodaba junto a Susana cada vez que salían, quizá porque los dos habían llegado al Programa el mismo día y desde entonces se había acostumbrado a que estuviera cerca. Una noche, después de una de las primeras y últimas cenas en casa de Wen y Rick a las que asistió el polaco, a Susana de pronto se le derrumbó la fachada de cordialidad y seguridad en sí misma que había estado mostrando hasta ese momento; de súbito todo se volvió extraño, el vaso de vino en su mano, la estancia llena de gente que bebía y bailaba, Altagracia ondulando la cintura en brazos del húngaro, y de pronto tuvo la necesidad invencible de salir de allí para encerrarse en su cuarto, el único sitio que no le parecía tan ajeno. No se despidió de nadie, simplemente salió y bajó el camino de la colina; al poco rato escuchó pasos tras de sí, se volvió y vio que el polaco iba tras ella con la vista en el suelo. En ese momento Susana tuvo la idea exacta de que el polaco le pertenecía, inexplicablemente había salido de ella y había logrado corporizarse; en todo caso, eran almas gemelas, de alguna manera los dos estaban mucho más solos que los demás, compartiendo el mismo agujero del abismo. Susana detuvo sus pasos y el polaco la alcanzó; los dos caminaron juntos, en silencio. Cuando llegaron al piso del polaco, Susana creyó ver en los ojos de él, en el instante en que sus miradas se encontraron, que Slawomir la convocaba con un apremio que jamás había visto. No titubeó y salió del elevador con el polaco, ¿se equivocaba o había visto en el rostro de él una línea de sonrisa? No, no había visto nada. Susana quiso echarse a correr cuando entraron en el cuarto; había recordado de golpe la experiencia con el judío, pero se asustó más bien porque tuvo la idea de que seguir a ese gigantón casi albino era penetrar en otro desconocido ámbito humano, bucear de nuevo en las oscuridades, pero en ese caso era como entrar en un compartimento del infierno que jamás había sido registrado por los viajeros que pudieron regresar cuando menos a referir lo que habían visto; la puerta era el cuerpo robusto, enorme, del polaco. Éste ya había entrado en el cuarto, bebía un poco de vino, se quitaba los zapatos y la camisa y se recostaba pesadamente. Susana dio unos pasitos viendo el cuarto sin verlo, constatando, sin pensarlo, que era idéntico a todos salvo en los mínimos detalles personales. El polaco tomó un libro y, al parecer, se puso a leer. Susana vio un volumen de Browning, lo recogió y fue a la cama. Slawomir le hizo espacio, en silencio. Susana se recostó también y trató de leer los poemas, pero no podía, la presencia del polaco a su lado era increíblemente perturbadora y le dificultaba la respiración. Pero el polaco leía, al parecer despreocupado de ella, y Susana sintió que quizá había encontrado un amigo, ¿por qué no? Pudo concentrarse en los poemas, y de hecho los estaba disfrutando como pocas veces cuando advirtió que la mano pesada del polaco tomó la de ella y la colocó encima de su miembro; Susana se congeló al sentir un objeto enorme, un cilindro descomunal que había alcanzado la máxima corpulencia. Durante un rato Susana se quedó quieta, pero después tocó el pene con detenimiento, sin advertir casi que el polaco se abría el pantalón para que ella lo manipulara con mayor libertad. Susana se incorporó un poco y decidió dar toda su atención a ese miembro insólito, lo tomó con las manos sin dejar de sorprenderse del tamaño. Al poco rato el polaco llevó sus manos a la cabeza de ella e hizo presión, y Susana se descubrió mirando de cerca el glande. El polaco siguió haciendo presión para que ella se metiera el pene en la boca y Susana empezó a lengüetearlo y a frotarlo con curiosidad, casi con espíritu investigativo, pero de pronto todo se había borrado, ya no se encontraba en ninguna parte, estaba suspendida en otro rincón de la realidad, un área dura y blanda, seca y viscosa, en donde existía un poder primario que la obligaba a ceder, a tomar el preservativo que el polaco le daba y a colocarlo con cuidado en el miembro, a abrir las piernas porque el gigantón la había alzado en vilo y la acomodaba encima de él; Susana sintió cómo toda su vagina se dilataba y la vista se le oscureció cuando fue hundiéndose en el pene con mucha lentitud para no lastimarse. A partir de ese momento la relación entre los dos se concretó a hacer el amor en silencio total y a leer en la cama, siempre en la de él. Slawomir a veces no abría la puerta cuando Susana lo buscaba y jamás fue al cuarto de ella. Casi nunca se dijeron nada, ni saludos ni buenos días, pero eso no le molestaba a Susana. Ella sabía que el polaco también recibía a Altagracia, varias veces incluso la vio salir del cuarto de él cuando Susana llegaba, pero tampoco importaba, como tampoco importaba que el polaco, a veces, sobre todo después de hacer el amor, se hundiera en depresiones monumentales y tomara a Susana de los hombros y la sacara a empujones. Una vez, incluso, ella quiso quedarse, pero Slawomir la miró con frío detenimiento y después le dio un puñetazo en la barbilla, no muy fuerte como para hacerle daño pero sí la tiró al suelo. Esa noche

Susana no pudo dormir, todo el tiempo se acarició el sitio que había recibido el golpe, pero no dormía por el dolor sino porque la asombraban sus reacciones; por alguna razón ella siempre había creído que lo peor que pudiera sucederle era que un hombre la golpeara, pero en cierta manera todo eso era distinto, Slawomir no era un hombre, al menos tal como ella solía considerarlos; en fracciones de segundo pensaba que la relación entre ellos era una experiencia en la que todo era peligroso y, por lo mismo, fascinante, una relación que quitaba el aliento, borraba los contornos, ablandaba la percepción, en la que todas las cosas se acomodaban con su propio y extraño ordenamiento y obtenían así su verdadera naturaleza: una naturaleza oscura, ciega, pero que a ella la cobijaba, la nutría. Así habían transcurrido las cosas hasta que llegó Eligio y todo pareció readquirir una brillantez extraordinaria, fue como salir de laberintos espirales y ascendentes y emerger en la punta de un volcán. ¡Cómo había cambiado todo!

Susana y Eligio viajaban en silencio, respirando pesadamente, sin poder mirarse ni mucho menos hablar; eso era algo que Susana no soportaba: los silencios pertenecían a la zona de Slawomir y lo que ocurría en esos instantes era una corrupción insoportable de todo lo que había ocurrido con el polaco, una caricatura grotesca que la hacía odiar intensamente a Eligio, jamás creyó llegar a detestarlo de esa manera; su sola presencia le era irritante. Eligio, por su parte, manejaba impertérrito, casi bizco porque nevaba

175

con fuerza, muy despacio pues en cada recodo el Vega patinaba incontrolable, seguramente cansado porque los ojos se le cerraban, lo que ocurriría tarde o temprano era que iban a estrellarse a causa de la nieve y la pésima visibilidad, prácticamente no se veía la carretera y sólo se le adivinaba porque en ella la nieve era más plana. Allí perecerían los dos, en medio de la tormenta. Manejaron durante horas, que a Susana le parecieron interminables; logró dormitar un poco cuando se le acabaron los cigarros, pero despertó a los pocos minutos nuevamente entre la nieve que caía con su silencio aterrador, desdibujando los contornos: sólo había una pantalla de capas blancas, luz mortecina, inamovible, que a veces se abría un poco y dejaba ver el campo cubierto por más de medio metro de nieve.

La nieve se había acumulado de tal manera que el Vega patinó una vez más y fue a hundirse suavemente en una duna de nieve que se había formado junto a la carretera. Eligio salió maldiciendo entredientes, y constató que el auto se hallaba bien atrapado. Sólo una grúa lo sacaría de allí. Regresó al interior y trató, por última vez, de desatascarlo, fue imposible, el motor bramó como si agonizara, las llantas chirriaron y eso fue todo. Susana cerró los ojos, fingiendo que dormía, por si Eligio quería hacer algún comentario y desencadenar, de esa manera, un infiernito; pudo sentir que Eligio la miraba largamente y que de pronto una frazada más la cubría. Susana reprimió una mueca de irritación y cerró los ojos con fuerza.

Nunca supo en qué momento se quedó profundamente dormida.

Cuando despertó, Eligio dormía hecho ovillo con la cabeza totalmente hundida entre los brazos, muy pálido por el frío. Había terminado de nevar, era de día y el auto era un islote solitario. Nada se movía por allí. Un nuevo estremecimiento de frío la hizo frotarse con vigor brazos y muslos. Quiso salir del auto, pero la nieve bloqueaba la portezuela, Susana se conformó con abrir la ventanilla, pero la corriente de aire que entró la hizo cerrarla al instante. En la parte trasera buscó con qué cobijarse, y entre las maletas revueltas y las prendas que, desordenadas, yacían allí, tomó otro abrigo y se lo echó encima. Eligio dormía pesadamente, con un ronquido leve: sus labios parecían transparentes, con pequeñas líneas azules. Sólo la fatiga lo hacía dormir en ese frío intolerable. Buscó nuevamente en el asiento trasero y encontró una bufanda y un gorro con orejeras; los colocó en Eligio con mucho cuidado para no despertarlo. Tomó otra chamarra y dos suéteres, y los puso en los muslos y los pies de Eligio, quien, aun dormidísimo, relajó un poco el cuerpo.

Susana vio a Eligio nuevamente, pero el rostro apenas aparecía entre la bufanda, el gorro y las orejeras; parecía un animal de pliegues infinitos, un ser indefinido. Qué estará soñando, pensó Susana, ¿estará soñando? Probablemente no. Sintió una oleada de ternura y, a la vez, una descarga de recriminaciones por admitir esa ternura; muy en lo profundo de sí misma tuvo una clara imagen, una imagen

177

peculiarísima que no llegó a cristalizarse en su mirada como visión o en el exterior como alucinación, vio una imagen concreta, tridimensional, con volumen, que se había formado en algún punto de su cuerpo que no era la cabeza, quizá emergía de la zona del pecho; en la imagen aparecía ella misma, Susana, como en aquellos locos grabados de los alquimistas: de su tronco surgían dos cabezas sobre largos cuellos; una de las cabezas tenía una expresión dinámica, enérgica, brillante, casi lustrosa, y era dura: los ojos fríos pero sin llegar a parecer inertes como los de Slawomir; la cabeza restante mostraba un rostro más suave, dulce, pero de apariencia atormentada, desorientada; de pronto, las dos cabezas se alzaron hacia arriba, de cara a un extraño cielo de tonalidades blancuzcas, mortecinas, y ambas, silenciosamente, lucharon por darse de mordiscos, como si a una película se le suprimiera la banda sonora y sólo quedaran ademanes y gestos.

Nuevamente abrió la ventanilla y advirtió que la nieve aún no se endurecía; era algo infinitamente suave, desintegrante, que Susana recogió con la mano y llevó a la boca. Se empinó sobre la ventanilla y procedió a retirar la nieve con las manos, hasta que vio que se había inclinado tanto que ya casi salía del auto.

…Hundirse en la nieve, el rostro pegado a la frialdad que incendia; Susana logró ponerse en pie. Vio a Eligio profundamente dormido con la cabeza apoyada en el volante. Susana suspiró, y acabó sonriendo al descubrir que se hallaba vacía de sentimientos, ni odio ni amor, sólo una vaciedad abismal, un hueco enorme, quemante, que no le permitía reposar. De nuevo volvió a sentir el frío inmisericorde y alzó la vista al cielo, una compacta capa de nubes casi tan blancas como la nieve, lo que es arriba es abajo, ¿o era al revés? Todo se hallaba sumamente quieto, y Susana se preguntó qué hora sería; no tuvo ni la más remota idea bajo ese cielo sin sol. Advirtió hasta entonces que ya se había hundido en la nieve hasta las rodillas. Con grandes zancadas rodeó el coche y llegó al camino, donde la nieve era poca pero empezaba a congelarse en capas resbalosísimas, que no vaya a soltarse el viento, pensó Susana, si hay ráfagas de viento voy a tener que hacer algo, pero qué, se preguntó, mientras caminaba despacio por la carretera desierta procurando no resbalarse, frotándose para ahuyentar el frío. Le vino a la cabeza el recuerdo de su amiga Licha que en su primera temporada en las nieves del norte de Estados Unidos había pensado en suicidarse porque no hallaba cómo soportar el frío. A Susana le preocupaba no saber dónde se encontraba. Ese camino era estrecho y en su derredor no se veía nada. Era posible, pensó, que llevara a alguna de las grandes autopistas, donde seguramente una legión de trabajadores retiraba la nieve, esparcía sal, arena, y regaba compuestos químicos en la pista asfáltica. Siguió caminando, de esa manera el frío cedía un poco.

De pronto advirtió que había ascendido una pendiente tan suave que nunca se dio cuenta de que la subía. Volvió la vista hacia atrás. El Vega ya no estaba a la vista. Se detuvo porque avanzaba sin rumbo, sin tomar una decisión: caminar hasta encontrar algo o alguien, o regresar con Eligio. De súbito la poseyó una sensación muy cálida y le pareció que en ella se formaba el rostro de Eligio en sus mejores momentos: el indio de rostro brillante, expansivo, de grandes ojos negros, nariz recta y boca llena cuya risa contagiaba porque no se inhibía, cuya mirada resplandecía como hilera de brasas, que se desplazaba de un lado a otro derramando tanta energía que arrastraba a los demás, el hombre del carisma. Sintió por segundos una verdadera necesidad de volver con él, por segundos estuvo segura de que se lamentaría toda la vida si lo dejaba, pero su cuerpo no se movía, al parecer era el que deseaba ir a la deriva. Pensó que había perdido las riendas de su vida y que ya todo dependía de factores externos, buenos o malos. Para su sorpresa vio que a lo lejos entroncaba otro camino y que en él avanzaba una gran camioneta con defensas altas que le permitía hacer a un lado la nieve. Susana corría, resbalando, agitaba las manos y gritaba para que los de la camioneta no fueran a dejar de verla. Sus músculos ardían por el esfuerzo, crepitaban como madera vieja, pero el de la camioneta ya la había visto y se lo avisaba con la bocina. Ayúdeme, por favor, le pidió Susana, ayúdeme a salir de aquí y a llegar a algún pueblo. Claro que sí, respondió un hombre de edad, muy delgado; su expresión sorprendida y recelosa no superaba la conmiseración de ver a una joven perdida en las desolaciones. ¿Cómo llegó usted aquí?, inquirió, ¿se le paró su carro? ¿Dónde está? Más adelante, señaló Susana, a uno o dos kilómetros de aquí. ¿Kilómetros? ¿Es usted extranjera? Sí, soy mexicana, respondió Susana al subir en la camioneta, que le pareció un paraíso con sus asientos bien acojinados y, sobre todo, la calefacción. Ahora mismo sacaremos su carro, dijo el campesino, no se preocupe. No no, por favor, no quiero saber nada del coche en este momento, explicó Susana atropelladamente, por favor lléveme a un pueblo y ya después me encargaré de todo. ¿De veras no quiere que saquemos su coche? Mi camioneta está bien equipada, le aseguro que en segundos lo desatascamos. No no, insistió Susana, de veras no quiero saber nada de eso. Entiendo, debe de haber pasado una noche miserable. No se preocupe, señorita, la llevaré al poblado más cercano, y yo mismo regresaré por su auto y con uno de mis hijos lo llevaremos a su hotel. ¡Maravilloso!, exclamó Susana, ¡es usted un ángel!, y pensó que Eligio no se quedaría abandonado a su suerte en mitad del campo. Esa idea salió de ella como una espina y cuando menos lo esperaba se hallaba llorando abundantemente, ajena por completo a las miradas piadosas del viejo campesino.

El cielo se estaba despejando, pero el sol que aparecía no calentaba nada, pensó Eligio después de que lo despertó el campesino. Éste se había sorprendido mucho al encontrar a un hombre en el coche y sólo dejó de sospechar cuando vio que Eligio era mexicano. Le dijo entonces que la señorita lo esperaba a salvo en el pueblo. Pero cuando llegaron Susana ya se había ido. Por supuesto, nadie sabía a dónde: ella tomó un autobús y dejó el recado de que se iba a donde Eligio ya sabía. O sea, a la chingada, concluyó Eligio bufando, ¡no es posible! Comió hasta reventar en un restorancito y después se sintió más fuerte y lúcido, no en balde había dormido horas y horas sin parar. Estaba seguro de que encontraría a Susana, todo era cosa de tener las antenas bien abiertas. Estaba seguro de que Susana no había regresado a Chicago, toda esa estupidez con el polaco tenía que haberse acabado ya. Lo más probable era que hubiese vuelto a Arcadia, donde aún estaba la mayor parte de sus cosas.

Esa misma noche, después de viajar sin detenerse, llegó al Kitty Hawk. Susana no estaba allí, o no había llegado. Eligio consideró necesario armarse de paciencia, despejar el ánimo, de ser posible con buen humor. En momentos aparecían ante él coladeras con agujeros hondísimos en los que podía caer, pero no se dejaba vencer, pensaba que dentro de él había un traidor y que a toda costa había que impedir que por medio de intrigas y conjuras tomase el poder irremediablemente. Deambuló por el Kitty Hawk divirtiéndose con los que lo veían oblicuamente y respondiendo, a quienes tenían el ánimo de preguntarle, que pos quién sabe dónde demonios estaba Susana, pero ya regresaría, ya regresaría. En el lobby del edificio encontró a Ramón, con quien fue a tomar una copa. Ramón, muy discreto, escuchó con atención los largos monólogos de Eligio y estuvo de acuerdo en que Susana regresaría, ¿por qué?, quién sabe pero regresará, de eso no hay duda. Mierda, decía Ramón, es una atrocidad decir que ustedes hacen una gran pareja y que sería deplorable que acabaran separándose de veras, pero así es la cosa. Por cierto, el rumano había recogido las cuatro cajas de zapatos y la silla de director del polaco y se fue a Nueva York. Todos se preparaban para irse de Arcadia, y la mayoría había decidido hacer una escala en Nueva York para destraumarse. Pidieron más copas. Ramón preparaba también la retirada, pero no iba a Argentina. Había conseguido una beca Fulbright para vivir seis meses en Arizona, en Tempe, como escritor residente. Ramón llegó a

Estados Unidos siete años antes como profesor visitante de la Universidad de Utah. Eligio, espero que nunca caigas en la universidad mormona de Provo, es lo más inconcebible del mundo, Kafka es el pacífico burgués de la vereda comparado con eso, tan sólo te digo que allí se encuentra la única montaña maldita y *corrupta* que he visto en mi vida. Después, había obtenido contratos similares en California, Maryland, Ohio y Nebraska, tras lo cual obtuvo una beca Guggenheim, que pasó en Nueva York y París; a eso había seguido el Programa y ahora, Tempe. Allí no hace frío. No tenía el menor deseo de regresar a Buenos Aires, aunque tampoco le fascinaba la idea de seguir por siempre en Estados Unidos como visitante internacional. Como vivía solo había guardado una buena cantidad de dinero que pensaba utilizar cuando se mudara a París y consiguiera trabajo allí. ¿Pedimos más? ¡Por supuesto! Había estado casado años antes, en Argentina, pero le había ido tan mal que se le quitaron los deseos de volver a vivir con otra mujer, por eso le escandalizaba, para ser franco, esa insana insistencia de Eligio de retener a Susana. Total, todo mundo acaba divorciándose. Es que yo, aclaró Eligio, ya sabes ¡contra la corriente siempre! En fin, probablemente Ramón no comprendía nada de eso porque admitía que nunca había querido a nadie, es decir, aquello que en verdad se puede considerar: a, admiración; b, pensar: qué delicia besarla; c, esperanza; d, nacimiento del amor; e, cristalización primera. Es hielo abrasador, es fuego helado, es herida que duele y no se

185

siente, declamó Eligio. Por otra parte, a Ramón no le sorprendía que Eligio fuera lo que era: un bárbaro, un tipo sorpresivo capaz de desprogramar incluso a un homo impavidus como él. Eligio no escuchaba porque recordó lo que le había chismeado Edmundo: que Ramón era un masturbador inveterado, una vez entré sin tocar en su cuarto, ¿y cómo lo hallé?, ¡bistec en mano! Ah, es un masturbador sofisticado; y en otra ocasión, juraba Edmundo, en plena sesión del Programa, Ramoncete había estado jugando billar de bolsillo, como dicen en México, y de pronto tuvo que salir corriendo. Pero en ese momento Ramón se expresaba con tranquilidad, sin aspavientos y sin querer impresionar, así es que Eligio desechó las ideas que lo distraían y preguntó a Ramón qué pensaba de lo que escribía Susana, pues sabía que, hasta antes de que él llegara, Ramón había sido el interlocutor favorito de Susana pues ambos coincidían en muchos gustos literarios, *por supuesto* Yeats, Coleridge, el padre Hopkins, Pound, Eliot, Proust, Joyce, etcéteras en abundancia. Ramón le dijo que la poesía de Susana era excelente, aunque a veces un poco dura y con tendencias a una abstracción un tanto vacía por la insistencia en rebasar cuestiones emocionales o simplemente cotidianas. Pero definitivamente era genuina, y lo único que lo hacía sonreír un poco era la ingenuidad de querer recuperar las rimas. Eligio nunca había sabido con exactitud si le gustaban o no los poemas de Susana; claro que los había leído y muchos de ellos le parecían bonitos… No te rías, tú sabes que yo no soy un intelectual, ¡gracias a Marx! Pero también le parecían como muy indirectos, bueno, para él, inentendibles. Ramón sonrió y procedió a explicar que la poesía no tiene por fuerza que comprenderse, y comenzaba a citar a Borges cuando Eligio lo atajó diciendo que eso *ya* lo sabía, tampoco era tan bruto, en fin, le costaba trabajo calificar lo que escribía Susana. Se daba cuenta de que en México ella aún no tenía el prestigio de Paz o de Sabines, ¿sabía quién era Sabines? ¿No lo Sabines? Bueno, anyway, también se daba cuenta de que los críticos y los escritores siempre trataban bien a Susana. Eligio estaba seguro, bueno, es que ya llevaban muchas copas, de que si lograra penetrar a fondo en lo que Susana escribía se solucionarían muchos problemas. No se trataba de que no la apreciara, o de que no la leyera, sino que algo se le escapaba, y ya borrachos le podía confesar que había pasado algunas noches leyendo y releyendo los poemas de Susana, e incluso algunas ocasiones creyó que estaba a punto de descubrir algo que no era tan aparente, pero a fin de cuentas no entendía nada y sólo se quedaba frustradísimo. La verdad era que le gustaban los poemas muy viejos de Susana, hasta se sabía algunos de memoria. ¿No has memorizado alguno de los poemas recientes de tu esposa? Pues no, confesó Eligio. Pues yo sí, afirmó Ramón, y Eligio se sobresaltó: de pronto tuvo que reacomodarse en la silla y ver a Ramón con nuevos ojos: ¿habría andado también ese argentino de mierda con su mujer?, pensándolo bien a veces la miraba arrobado, estupendejo, ¡qué horribles pensamientos! Bueno, quizá no era exactamente así, en ese momento ya no estaba seguro. Es la misma voz, dijo Ramón, pero mira qué diferencia, ¿la puedes advertir? Pues no entiendo un carajo, consideró Eligio, con aire de escolar contrito, pero sí creo que si no entiendo lo que escribe mi mujer es que desconozco partes esenciales de ella. Bueno, si así quieres verlo. Sí, así quería ver Eligio las cosas: lo que Susana escribía tenía que ser un material incorruptible, un estrato que había que explorar, porque justo en ese momento se estaba dando cuenta. Salud. Salud. Susana y él en realidad siempre habían estado juntos pero sin encontrarse; era como si fueran, perdón por la imagen, dos barajas de rey y reina que están juntos pero mirando en distintas direcciones. Pero Eligio no iba a ponerse a llorar, ¿verdad?, después de todo él era el macho mexicano todopoderoso, creador del cielo y de la tierra/ Y tú, un argentino de cagada, ¡salud, carajo! ¡No se pase de listo, mi Chaquetas Libres, y que traigan otra ronda! Vale. No, no iba a ponerse a llorar, pero sí era bueno advertir que en realidad nunca le había visto el rostro a su propia esposa, después de siete años de casados, ¿qué tal, eh? Como para escribir un tango. Pues escríbelo, escríbelo, porque si no entiendo lo que hace Susana menos entiendo lo que tú escribes, oye, estuve tratando de leer ese libro que le regalaste a la Sana y qué bárbaro, ¿eh?, pasa las tres pa' comprenderte. Ramón miró a Eligio con una expresión casi severa, un tic nervioso que lo hacía entrecerrar el ojo izquierdo como si a través de él se disparase un rayo de sentimientos encontrados. ¡Coño, espero que no me vayas a pegar nada más porque no entiendo lo que escribes! *Si quieres*, después hablamos de eso, añadió Eligio, pero para mí, humilde actor campirano, no hay duda de que doy lo mejor de mí mismo cuando trabajo, cuando, sin dejar de ser yo, ya no soy yo ni tampoco, en rigor, el personaje, sino que soy otra cosa/ Un colibrí, ¿no?, suspendido en el aire, en el mundo pero fuera de él, ¡salud!, no se trataba de los aplausos ni del sentido de haber *cumplido*, perdón otra vez, más bien era como, ¿te acuerdas de aquella película, *El Doctor Insólito*?: era como montar la bomba de hidrógeno que va a desmadrar la tierra blandiendo un sombrero tejano. Ramón reía. Muy bien, muy bien, mexicano. Escribir poesía, entonces, ¿no sería algo parecido para esta Susana?, reflexionó Eligio y preguntó: ¿qué es para ti? Ramón no quiso responder, dijo que ésas eran las clásicas preguntas que hacían los puros de espíritu, lentos de intelecto, o los periodistas cretinos, la cuestión era tan compleja que no iba a disertar en ese momento acerca de eso, ¿verdad? Eligio nuevamente se había distraído, se había puesto más nervioso, y creyó que no le quedaba más remedio que referir a Ramón todo lo que acababa de suceder en Chicago, aunque consciente de que hacerlo era como publicar un periódico mural en el Kitty Hawk. Además, no le importaba; después de todo, desde que llegó, Susana y él habían sido la botana consuetudinaria del Programa, tonel inagotable de chismes y chistes. Ramón fumó despaciosamente, asintiendo, bebiendo, con ocasionales ajás, y al final concluyó que, más que grotesco, todo eso rebasaba por completo sus posibilidades de comprensión, por suerte él se hallaba muy lejos de todos esos conflictos de parejas enajenadas; sin embargo, Eligio, recuerdo demasiado bien los horrores de cuando terminé con mi mujer y puedo simpatizar y entender y solidarizarme con lo que te ocurre. Entonces explícamelo, yo no entiendo nada, sólo sé que no debo de perder a esta compañera, te juro que no se trata nada más de que esté acostumbrado a ella, sino que en verdad siempre, toda mi vida, supe que Susana era para toda la vida, toda la eternidad como dice la canción. Eso estaba muy bien en teoría, pero era espantoso en la práctica, donde todo parecía contradecir las mejores intenciones de Eligio, y todo podía ser una ilusión, pero no: los dos eran lo mismo y tenían que luchar, si ya no por ellos mismos sí por el otro, por eso, quizá, sí, claro que sí, lo que pasaba era que Susana, al huir de él, huía de sí misma. O, más bien, trata de ser ella misma, interrumpió Ramón, bebiendo largamente para borrar la incomodidad que le causaba escuchar todo eso de una manera tan directa, ¿nadie le había dicho a ese pobre que las cosas no se dicen así, porque se banalizan aún más de lo banales que ya son?: la vida es pésima literatura, ¿no?... Me dijo una vez, cuando llegué a esta pinchurrienta ciudad. ¿Y qué tal si Susana no regresa? Óyeme, pinche argentino, no seas hijo de puta, me acabas de decir que tú también crees que regresará, no me voltees todo ahora. Viejo, hay que considerar todas las posibilidades, y entre ellas destaca la idea de que Susana no regrese jamás, ¿qué harías en ese caso? La voy a buscar al fin del mundo. ¿De veras? ¿En verdad estás dispuesto a buscarla, pase lo que pase? Sí, señor. Mexicano, diagnosticó Ramón, eres un caso definitivamente *perdido.*

Al día siguiente Eligio despertó con una cruda mortal pero, sobre todo, con la certeza de que Susana no iba a regresar al Kitty Hawk, en verdad le valía madres dejar todas sus cosas allí, seguramente confiaba en que Eligio se encargaría de todo. Telefoneó a Becky, quien le informó que Susana ya había cobrado su último cheque, ¿en dónde estaba, por cierto? ¿Pensaban quedarse para la Navidad? Porque tenían que hacer planes. Eligio colgó el auricular y llamó al banco. Susana había cerrado su cuenta. Premeditación, alevosía y ventaja, consideró Eligio, dispuesto a no perder más tiempo. Salió a comprar otras maletas, en la tienda de segunda mano por supuesto, y desglosó todo lo que tenía, pensando que esa misma tarde los escritores que quedaban encontrarían nuevos tesoros en la basura. Con grandes cuidados empaquetó sus adquisiciones electrónicas y todo lo que Susana había dejado. ¡Qué cinismo de mujer!, se repetía, ¡no es posible! ¡Qué bajo ha caído! En el correo depositó un costal lleno de los libros que Susana obtuvo del Programa, y hasta entonces pudo comer algo sin sentir náuseas. Estaba a punto de irse en ese mismo instante cuando pensó que sería horrible viajar sin compañía por las planicies del Medio Oeste. Quizá Edmundo quisiera ir con él… ¡Qué estupideces pensaba! Subió en su auto y fue a la Universidad, y en la oficina del Programa encontró a Irene. Le preguntó a boca de jarro si quería irse con él. ¿A dónde? No sé bien a dónde, contestó, todavía, pero desde este momento te aclaro que voy a buscar a mi esposa, y tan pronto como la encuentre tú vas a tener que esfumarte, ¿de acuerdo? Irene palideció y después de un largo silencio decidió acompañarlo; desde algunos meses antes estaba pensando en el dropout, aunque perdiera todo lo que había estado pagando en la Universidad. Te caló duro lo que dijo el poeta, ¿no?, sonrió Eligio.

Fueron al pequeño departamento que Irene compartía y allí mismo hicieron el amor con una intensidad que a Eligio le pareció alucinante; tenía razón, pensaba, aquel tipo que le dijo que una experiencia escalofriante era acostarse con una mujer cuando se ama a otra que se ha perdido. Después quedaron profundamente dormidos, así es que salieron al día siguiente, no sin que Eligio hubiera telefoneado al Kitty Hawk por si acaso Susana había vuelto. ¡Qué iluso!, pensó. Antes de salir, y de hacer el amor nuevamente con Irene, Eligio consideró que Susana sólo podía haber ido a Nueva York o a California. A Nueva York, claro, irían todos los del Programa y lo más seguro es que Susana hubiese ido a California, porque tenía familiares en Los Ángeles y siempre había querido ir a San Francisco, el único otro lugar de Estados Unidos que había que visitar. Por tanto, enfiló hacia el oeste. En esos días no había nevado y las autopistas estaban despejadas; aun así Eligio compró una pala de nieve para no quedarse atascado. Viajaron sin detenerse hasta que llegaron a Kansas City, donde pasaron la noche. Al día siguiente recorrieron el centro de la ciudad, pero como se hallaba casi vacío y ninguna estatua lo ennoblecía, desayunaron y Eligio decidió que había que largarse de allí cuanto antes, por la interestatal 76, a todo lo que daba el Vega. Nuevamente Eligio manejó impertérrito, sin detenerse, y llegaron a Denver en el atardecer. Denver le pareció una ciudad mucho más respetable porque se hallaba junto a las montañas: la sola visión de la línea nevada en las alturas fue una bendición para Eligio, y eso le permitió constatar que Irene era una magnífica compañera; hablaba poco y escuchaba a Eligio sin chistar; él le contó la historia de su padre, que era oaxaqueño pero acabó casándose en Chihuahua, donde se estableció y nacieron Eligio y sus hermanos, iah, los desiertos de Chihuahua! También refirió incontables anécdotas de sus hermanos, tenía ocho, y de sus padres, y cómo se había transfigurado la primera vez que asistió a un teatro: una compañía de la capital andaba de gira con *La cantante calva,* de Ionesco, y ese espectáculo lo había conmocionado. Tenía doce años de edad. Sus padres rieron cuando, al salir de la función, Eligio declaró solemnemente que iba a ser actor de grande. A los dieciséis años, concluida la secundaria, se fue a México, donde se enroló en la Escuela Teatral de Bellas Artes. A los veintidós años conoció a Susana, que era la hija única de un médico de clase media, lector empedernido, y de una señora sumamente sensible y frustrada.

A su vez, Irene contó que siempre había vivido en el pueblito de Oregon, donde descubrió la escritura cuando ganó un concurso local de composición. Al terminar sus estudios medios se mudó a Arcadia, pero antes recorrió algunas partes de Estados Unidos con un muchacho. Su padre era obrero de una empacadora agrícola y contribuía con muy poco a los estudios de su hija, y ella tenía que llevar a cabo distintos empleos. Un día conoció a Wen. Ella le dio trabajo en el Programa. El trabajo le gustó y mucho, porque le permitía conocer otro tipo de ambiente. Lástima que Becky fuera su jefa. Realmente, todo estaba perfecto hasta ese año, en que conoció a Eligio. Irene soñaba con él casi todas las noches y lo veía como un hombre fuerte, lleno de poder, más moreno aún de lo que en verdad era, e infinidad de veces ataviado con ropajes aztecas: grandes penachos, armas en la mano, taparrabos de tela fina, porque no era un indio cualquiera sino un príncipe azteca. Mejor príncipe azteca que príncipe charro, comentó Eligio, por puro reflejo. Irene le dijo también que cuando él se había quitado la camisa por primera vez en los ensayos, ella se impresionó vivamente al ver que no tenía vellos en el pecho y que su piel parecía ¡fruta tropical! ¡No es posible!, pensó Eligio. Qué rara mujer, consideró después; por una parte parecía sumamente mansa, dulce y pasiva, pero por otra se atisbaba una mujer mucho más adulta, muy fuerte, que no titubeaba. Además, era muy guapa y de cuerpo espléndido, realmente más rico y maduro que el de Susana, qué bueno que había querido acompañarlo, aunque, por supuesto, no había que demostrarlo mucho. Irene tenía amigos en Boulder, el pueblito tan bohemio que estaba a unos pasos de Denver, y quiso visitarlos, eran unas personas *padres*, pero Eligio especificó brutalmente que no andaban de paseo, sino dándole alcance a la caza; además, nevaba muy feo, así es que después de copular briosamente en el hotel, de dormir como piedras y de desayunar, al día siguiente reemprendieron el camino, en esa ocasión hacia el sur, por la carretera 25, ya que por allí hacía menos frío y el Vega no se esforzaría tanto en subir las Rocallosas como por la ruta de Salt Lake City. Ya no llevaban tanta prisa; se detenían en pequeñas estaciones gasolineras donde compraban pastelitos, chocolates y galletas, Irene se surtía de revistas: *Rolling Stone, Mother Earth, Newsweek,* también el *National Inquirer,* que leía casi a escondidas, echando miradas de reojo a Eligio, pero a él nada de eso le interesaba, observaba con detenimiento que el paisaje al fin cambiaba, paulatinamente todo se fue volviendo más seco, más alto, y después, cuando entraron en Nuevo México aparecieron, entre manchas inmensas de desierto, formaciones montañosas que le eran mucho más familiares: las había visto en infinidad de películas de vaqueros y se parecían a algunos paisajes de

Chihuahua; todo el estado de ánimo de Eligio se modificó; en un principio le agradó mucho volver a sentir algo conocido, pero después lo desazonó el hecho de que cada vez se acercaban más a México y éste ejercía un verdadero magnetismo: significaba, entre muchas otras cosas, la posibilidad de olvidar todo eso, con Susana o sin ella, y descansar al fin de tantos desmadres. Por su parte, Irene se emocionó al llegar a Nuevo México: Taos estaba cerca y era un mágico-pueblo-indígena, bueno: un tanto comercializado, donde vivían muchos artistas y brujos/Ah, el Tepoztlán de los gringos. ¿Eh? Se decía que allí vivía Carlos Castaneda, tratando de eludir al Águila, y también John Nichols, además de que allí habían vivido D. H. Lawrence y Jung. Irene insistió mucho en que Eligio se desviara de la 25 para visitar el pueblo, pero una vez más Eligio tuvo que aclararle que no andaba en busca de famosos ni de sitios de poder; su intención era pernoctar en Santa Fe y después seguir a Albuquerque, donde, según le indicaban los mapas, debería conectarse con la carretera 40 que no era otra más que la vieja ruta 66 de la televisión y de los rocanroles: pasarían por Flagstaff, Arizona, mucha nieve seguramente porque el mapa indica zonas de esquí, y luego por Needles, California, gran puerta del desierto y las víboras de cascabel; subirían las montañas para llegar a Los Ángeles, donde iría a buscar a Susana. Irene estuvo a punto de explotar por la frustración pero la consoló la idea de visitar Sante Fe, que, como se sabía, era una ciudad de gran encanto y tradición cultural. Al parecer Nuevo México le reforzaba a Irene el entusiasmo por las cuestiones indígenas; Eligio sonreía al pensar que Irene podía llegar a puntos ceros de iniciativa y que se entregaba a él pensando que lo hacía en la piedra de los sacrificios; Eligio era el gran sacerdote, el brujo poderoso que hundiría en ella el debido puñal de obsidiana. Eligio se atacaba de risa, y explicaba que por supuesto él era irreversiblemente indio, pero que toda esa ondita de sacrificios humanos y de indios nobles, estoicos, hieráticos pero sanguinarios, lo dejaba indiferente. Con paciencia, Irene explicaba que eso no podía ser: las raíces indígenas estaban mucho más a flor de piel de lo que creía y de lo que creían *todos* los mexicanos, y él, y *todos los mexicanos*, hacían *muy mal* en no *valorar* su herencia indígena, ¿no se daba cuenta Eligio de que ésa era la tragedia de Estados Unidos? Habían rellenado toda posibilidad de arraigar en su tierra, se habían adherido al mundo del otro lado del océano y habían execrado lo que su misma tierra les podía enseñar; habían despreciado las culturas indígenas y ya no había remedio, por eso le había dicho una vez que en ninguna parte llegaba a sentirse verdaderamente en casa, ella y todos sus paisanos estaban desarraigados. Irene había leído con verdadera devoción *Bajo el volcán, La serpiente emplumada, El poder y la gloria*, las crónicas mexicanas de Artaud, las novelas de la selva de Traven y, claro, la saga completa de Carlos Castaneda, y se había hecho una visión de México que le fascinaba y que no estaba dispuesta a modificar salvo mediante numerosas sesiones de golpizas, de ese macho behaviour que no dejaba de atraer numinosamente a su compañera. Tenía otros aspectos más previsibles: no soltaba las pastillas de chicle y hasta canturreaba brush your breath, brush you breath!, no se rasuraba las piernas, no se maquillaba en lo más mínimo y podían transcurrir días enteros sin que un cepillo le visitara el pelo. A Eligio le era fácil imaginarla trabajando como minera en las montañas oregonianas, como obrera agrícola en granjas californianas, shove off you greaser! o talando árboles en las Rocallosas con un casquito amarillo y la debida sierra eléctrica. De plano no tenía nada que ver con las muchachas que había conocido en México y mucho menos con las escritoras. Irene escribía poesía también, pero de eso no hablaba nada. Raras veces hablaba de sus lecturas, aunque en largas partes del viaje Eligio no pudo ver que la muchacha leía, con expresión seria, cosas como *Billy Budd, El retrato del artista adolescente*, y nada menos que *Cien años de soledad*, que en verdad le estaba gustando, oye, se parece mucho al Milagro Bean Field War, pero Eligio no sabía qué demonios era eso y tampoco quiso preguntar. Esas cosas excitaban a Irene, y dijo que le gustaría pasar un tiempo en la ciudad de México y conocer personalmente a García Márquez y a Octavio Paz, deben ser muy amigos, ¿no? En muchas cosas Irene era sencilla y directa, muy práctica. Se despertaba en los hoteles y al instante planificaba el día: desayunar en el McDonald's más cercano, para economizar, localizar la gasolinera más barata y, por supuesto, de autoservicio; después a la carretera. Cerca de un pueblo del norte de Nuevo México se estropeó la bomba de gasolina del Vega. Irene no quiso ni siquiera oír hablar de una grúa, ¿estás *loco*?, ¡nos va a costar una fortuna!, y ante el absoluto terror de Eligio detuvo una patrulla de caminos y pidió a los oficiales que los remolcaran hasta el pueblo más cercano, y behold!, los tecos accedieron de buen grado, sacaron una cadena de la patrulla y los arrastraron más de cuarenta kilómetros mientras, atrás, Irene y Eligio bebían cervezas. Al llegar al pueblo Irene averiguó dónde obtener una refacción de segunda mano y el mecánico más barato. Éste, naturalmente, resultó un mojado que vivía en las montañas nuevomexicanas reparando hojalatería y fallas eléctricas y mecánicas. El paisano se llamaba Natividad, pero todos lo conocían como Nat; tenía cuatro años de vivir allí. Era chilango, mecánico de la colonia Guerrero, y se emocionó tanto al hallar a un compatriota auténtico que ni siquiera le cobró; no sólo cambió la bomba sino que afinó el coche e hizo otras reparaciones que se necesitaban de urgencia. Los hospedó en su casa y les invitó un tequila Hornitos que había guardado para ocasiones especiales como ésa, y les dijo que en realidad la gente de Nuevo México no tenía nada de mexicana, todos se sentían o bien gringos o descendientes de los españoles, los conquistadores; se consideraban hispanos y les ofendía ser llamados chicanos, hablaban un español de pueblito, vaciado, con truje, ansina y sus mercedes, y les avergonzaba hasta la médula que en algún momento ese territorio hubiera pertenecido a México, siempre fue o de España o de Estados Unidos, sólo perteneció a México treinta años y en ésos los mexicanos no hicieron nada por la región, la abandonaron a su suerte y por eso la gente allí jamás sintió vínculos con el sur, siempre se consideró española y después, claro, estadunidense, pero con un gran orgullo de su pasado hispano, que no chicano. Por tanto seguían viendo a México como en todo Estados Unidos: un pueblo de corruptos, perezosos, lentos mentales, débiles de carácter, sucios, insalubres y bebedores consuetudinarios de, yej, pulque. Nat, en cambio, allí sí era chicano vil, no tenía pedigrí colonial ni nada. A él sí le caían bien los chicanos, aunque por ahí había muy pocos, o casi ninguno, pero Nat había trabajado un tiempo en Houston y otro en el este de Los Ángeles y allí sí había buena onda chicana porque no se despreciaba lo mexicano, al contrario: había un chingo de tortillas, aunque el personal allí ya no era mexicano ni nada por el estilo, era chicano y punto. Pero, en fin, la vida lo había llevado a ese pueblito, donde todo iba bien si Nat no insistía mucho en rememorar el sur de la frontera, y mucho menos en decir alguna vez que esos territorios fueron robados a México. Realmente la gente allí, fuera de su fobia al vecino del sur, era buena, honrada y detestaba a los tejanos, ya que para Texas Nuevo México era lo que México para Estados Unidos.

Irene se puso feliz cuando el mecánico le regaló un poquito de mariguana. En el acto se compró una botella de vino, la yerba no es nada si no se le combina con vino o cerveza, explicó. En la mañana siguiente Irene ya había desempacado una pequeña pipa y dio algunas fumadas durante el viaje, con la consiguiente placidez y ojos enrojecidos; se volvió más locuaz y declaró que siempre había querido conocer México, pero era tan pobre que ni siquiera había estado en la frontera. Pues no será conmigo con quien asciendas a la elevada Tenochtitlán, avisó Eligio, un tanto duro. Sí, ya lo sé, lo tranquilizó Irene, pero algún día iré al sur a explorar esas regiones de nombres tan hermosos, ¿cómo decía Malcolm Lowry? Oa-ba-cas, la voz de quien se muere de sed en el desierto. Es Oaxaca y no Oabacas, y ahí no hay desierto sino pura sierra, y honguitos alucinantes, y ya estuvo de todos esos pinches estereotipos de México-como-país-de-la-muerte-paraíso-infernal, ¿está bien? Con la pipa mariguanera aparecieron también, ¿de dónde?, varias cassettes de rock furibundo, el autoestéreo reversible de segunda mano hinchado de eléctricos decibeles. Eligio casi no había oído música en el trayecto, la suya estaba allá en México y Susana era la de la música clásica. Pero el rock y los ojos irritados de Irene hicieron que todo resultara distinto, el aire seco y helado que respiraban y la inmensidad por doquier, aunque de pronto surgieran colinas de formas caprichosas, de texturas rugosas e irregulares que parecían hechas a cincel, y qué inmensidad de cielo...

Aceleró aún más y de pronto estaba sentado en la cumbre del mundo, como si esas elevaciones de piel enmarañada fueran el techo del universo, y el cielo le perteneciera íntegro a Eligio, todo para él. Le estaba gustando oír a Irene; decía que cuando llegó a la Universidad de Arcadia, al Taller de Literatura, había sido una novedad tener que competir con los demás que, por el solo hecho de estar adelantados en los estudios, se consideraban más sensibles, cultos, inteligentes, mientras que los nuevos sólo vivían para estudiar, trabajar en una gasolinera o en una hamburguesería o en lo que fuera, para tomar cervezas en los clubes nocturnos los fines de semana y para asistir a los conciertos de rock que periódicamente tenían lugar en el Aula Magna Lynard Skynard. Irene se había puesto en contacto con un grupo pequeño de chicas que era la Conciencia Política; todas ellas habían estado en otras universidades y se sorprendían de que en la de Arcadia fuera tan apabullante el desinterés por la política y las cuestiones sociales. Ellas, e Irene después, apoyaban a los guerrilleros de El Salvador, algunas habían viajado a Nicaragua y otras a Cuba, con la Brigada Antonio Maceo que organizaba giras periódicas a la isla. Entre todos repartían hojas impresas en ditto con información sobre El Salvador y la situación en Polonia, y en ocasiones organizaron mesas redondas, pequeños mítines y manifestaciones en el campus, pero era oprobioso que las ignoraran; los hombres, que eran minoría en la Universidad, sólo se interesaban por coches, Blondie y Supertramp, bocinas coaxiales, ecualizadores, hamburguesas de un cuarto de libra, penthouses y hustlers. Las nenas se dedicaban a estudiar, siempre eran las de mejores calificaciones, o si no, se volvían feministas de todos colores; organizaban grupos y sociedades, abrían locales y llevaban a cabo una militancia intensa que envidiaban ellas, la Conciencia Política. Irene frecuentó un tiempo a las feministas pero no le simpatizaron aunque, claro, había chavas interesantísimas, y poco a poco se había ido apartando de ellas. Pero Eligio ya no la escuchaba, parte de lo que Irene le decía lo remitía inexorablemente a Susana, pero pensar en ella en ese momento sólo motivó una mueca despectiva en él, y comenzó a pensar que toda esa andadera por Estados Unidos era de locos, jamás la iba a encontrar porque ella no quería que él la encontrara; quizá la reencontraría muchos años después, en el coctel de algún estreno, y ella le contaría que había viajado por Nueva York, Brujas, Luxemburgo, París, Barcelona, Argelia y El Cairo. Eligio para entonces también habría viajado mucho y le diría pues qué bien que te oreaste, mi amiga, quizá a los dos les gustaría reencontrarse y, después de platicar mucho, él la llevaría a cenar y acabarían en la nueva casa de Eligio haciendo el amor… Qué horrendos pensamientos, consideró, el ambiente se le había ensombrecido, un sudor maligno corría por sus palmas y una agridulce angustia lo aletargaba. Irene había cerrado los ojos, buena compañera la gringuita, hundida por completo en la música de Dire Straits, que por otra parte no era nada mala.

Habían llegado a una ciudad con extrañísimas casas de adobe y árboles que parecían pirules, y Eligio recordó algunos alrededores de la ciudad de México. Irene estaba fascinada, todo lo que le habían contado de Nuevo México se quedaba chico, esa Española, así se llamaba la ciudad, sí era algo distinto a todo lo que había visto en Estados Unidos. Salieron de Española con el ánimo despejado porque ya estaban cerca de Santa Fe, la única otra ciudad visitable de Estados Unidos, pero entrar en ella representó para Eligio una desilusión total. Por doquier eran las mismas avenidas amplísimas, ejes viales de un kilómetro de ancho, los Pollos Kentucky, los McDonalds y Burger Kings y Der Wienerschnitzels, Shells, Texacos, Conocos, Holiday Inns, Motel 6, Best Westerns, Albertsons, Alpha Betas, K Marts, Walgreens, Sears, Sambos, Woolcos, La Belles, Radio Shacks, Woolworths, Lafayettes, Custom Hi Fis, y por supuesto los grandes automóviles gasguzzlers, las agencias de autos, los bancos con sus cajas de servicio en su auto; como siempre, ni una glorieta, ni un camellón, ninguna flor, ninguna estatua, sólo kilómetros de asfalto, baratas-baratas-baratas, ofertas-muertas-de-media-noche-servicio-en-su-coche, iglesias con anuncios de neón, anunciando, gerundiando, cien dólares de multa a quien tire basura en las carreteras, patrullas con radares para atrapar a coches también con radar, museos del Viejo Oeste, de aviones de guerra, de armamentos nucleares, parques vacíos, calles recorridas sólo por automóviles, sin peatones, sin perros, sin gatos, sin vendedores ambulantes, sin comercios pequeños, con servicios de plomería, albañilería, mecánica, carpintería y cerrajería más caros que una computadora casera.

En Santa Fe había nieve en las calles, pero no como en Taos o en Denver, y todo indicaba que en esas regiones sureñas cada vez había menos nieve, o que no había empezado a caer aún. Llegaron a la parte vieja de la ciudad y Eligio comprendió por qué Santa Fe era algo distinto en Estados Unidos: tenía un zocalito muy coqueto con portales y quiosco. A Irene le encantaron los indios, que tenían puestos bajo los portales y vendían joyas de turquesa a precios de platino. Todo era una mezcla de ciudad mexicana y de pueblo de vaqueros, pero indudablemente había algo propio, irrepetible, una atmósfera como la del atrio de la Catedral, la primera iglesia de a de veras que Eligio había visto desde que estaba en Estados Unidos, un atrio inmenso y diversas variedades de pinos bellísimos, nevados, lástima que era Irene y no Susana la que viajaba con él, pues Irene era también extranjera en Nuevo México y veía todo con ojos tan fascinados que Eligio pensaba que todo eso era incompatible con el otro espíritu revolucionario y militante, Cuba sí Yanquis no, el pueblo unido jamás será vencido, no nos moverán, repetía Joan Báez en el autoestéreo con un español mejorado después de setenta y siete años de práctica.

Fueron a un hotel, no muy caro, decidió Irene. Por primera vez desde que salieron de Arcadia, Eligio se sintió abrumado, sin el menor deseo de aligerar su espíritu. Se tiró en la cama y no quiso moverse para nada. Irene fue a buscar a una antigua compañera de la universidad que vivía allí. Eligio continuó flotando en la cama, un brazo caído, deseos de nada, ni siquiera un roncito, y de pronto comprendió que en realidad bien pudo ahorrarse ese viaje, de más de mil kilómetros hasta esa etapa. ¡Carajo, cómo no se me había ocurrido!, pensó, y pidió una llamada de larga distancia a casa de la madre de Susana. Allí no había noticias de ella, pero facilitaron a Eligio el número del primo de Los Ángeles. Eligio lo marcó al instante; se hallaba insoportablemente nervioso, con el corazón bamboleante y las manos sudorosas, con la garganta tan reseca que le costaba trabajo hablar, y cuando al fin pudo hacerlo su voz salió mucho más ronca de lo normal, y él, actor de voz grave-y-acariciante, se asustó. El primo le comunicó que no sabía nada de Susana, ni siquiera sabía que estaba en Estados Unidos, y le dio el número de otro primo que vivía en Las Cruces, Nuevo México. Quizá él supiera algo de Susana. Eligio sabía que Las Cruces se hallaba prácticamente junto a México, a unos cuarenta kilómetros de El Paso. El mapa le corroboró que sólo tenía que seguir por la 25 que terminaba en Las Cruces. Era obvio que Susana no estaba allí. Y había sido estúpido pensar que hubiera podido ir con su primo de Los Ángeles. Claramente, Susana quería romper amarras con todo. No tenía caso ir a Las Cruces y menos a Los Ángeles, y la perspectiva de viajar a Nueva York era plausible en Arcadia, pero en Santa Fe sólo en avión, lo más probable era que el

Vega no aguantase, ya era un milagro que hubiera llegado a Santa Fe. Eligio se hallaba sumamente enfurruñado, a punto de soltar golpes y topes a las paredes, cuando llamó Irene. Había encontrado a su amiga y estaba en la parte vieja de la ciudad tomando cervezas con un grupo de gente *padrísima*.

Eligio se sacudió la pesadez; escasas veces había caído en un estancamiento tan atroz, todas las brújulas muertas, puntos ceros de energía, las posibilidades abiertas y cerradas a la vez. Lo correcto, pensó, era agarrar un pedo antológico y esperar que los espíritus etílicos lo inspiraran. O acabaran de darle en la madre. Por otra parte, empezaba a considerar que estaba gastando dinero a lo pendejo, ya no tenía tanto, y los factores económicos sobrepasaban a los del corazón. Las cosas andaban muy muy mal.

Encontró a Irene y sus amigos en un restorán con mesas en la banqueta. Todos bebían cervezas, eran mucho más jóvenes que él, de la edad de Irene más o menos, y de pantalones vaqueros desteñidísimos, botas igualmente vaqueras, chamarrones de piel y borrega, melenas rubias tan desteñidas como los pantalones y uno que otro sombrero tejano. Ésos, cuando menos, fumaban, aunque lo hacían con cigarros para después de fumar. Los Delicados de Eligio fueron un acontecimiento y todos los probaron y tosieron y dijeron, carraspeando, ups, esto sí es tabaco. Eligio pidió cerveza tras cerveza y las bebió sin parar, sin hablar, sin quejarse de lo horrible que sabían Olympias o

Budweisers o las que fueran. De pronto sonrió porque le llegó la imagen de que en ese momento él era el polaco del grupo. Los amigos de Irene conversaban muy animados, entre risas y exclamaciones de evidente sabor alcohólico. Eran liberales, como Irene, o sea: manifestaban simpatías indefinidas hacia las causas populares, apreciaban el arte y sobrevivían como artesanos o artistas. Eligio pensó que hubiera podido encontrar a cualquiera de ellos con un puestito dominguero en el mercado de Tepoztlán, o paseando debidamente hasta la madre en Taxco o San Miguel Allende o en Villahermosa-Palenque. Irene y su vieja compañera conversaban ausentes de los demás, tenían muchos años sin verse y en verdad parecían estimarse, y en ráfagas Eligio oyó que Irene hablaba de Arcadia, del Taller de Literatura de la Universidad y del Programa. Todo eso le parecía muy remoto a Eligio, en gran medida sin sentido, habían transcurrido eternidades desde que Susana había desaparecido mientras él, ¡carajo!, dormía como imbécil en medio de la nieve.

Cuando ya había bebido doce exactas cervezas, todo le irritaba. Los amigos de la amiga de Irene hablaban a grandes voces, gesticulando; discutían de los actos inanes del presidente Reagan, decían que vivían la puerta del fascismo, del superfascismo considerando que Estados Unidos es una superpotencia. Estos niños, pensó Eligio, en el fondo siguen creyendo que este inmenso refrigerador es el mero cabezón del mundo, y que así ha de ser por siempre, pobres pendejos. Pero descubrió que no le irritaba lo que decían los chavos, sino que hablaran en *inglés,* a ver, ¿por qué hablaban inglés si él estaba allí? e incluso pensó que estaba loco cuando Susana lo había persuadido de que Carroll, Joyce y Nabokov habían hecho brillar la lengua inglesa. El inglés ya lo tenía hasta la madre y también todos esos hotelitos de biblias esterilizadas, y también todos esos cuates que, aunque eran buena onda, de hecho eran la mejor onda que había encontrado en Estados Unidos, eran demasiado gringos, demasiado uniformes incluso en el uniforme. Podría estar bien lo que decían, pero no los aguantaba. De pronto lo incendió un deseo ardiente por estar en México, y ver gente prieta, con los pelos lacios y mal domados, cualquier, cualquier jodido ensombrerado en una bicicleta con una bolsa de mandado llena de herramientas y una radiograbadora al hombro y tenis Canadá en vez de huaraches, deseó ver un mercado mexicano con puestos de bofe y cabezas de cerdo, con charcos y perros flacos, y ya no los supermercados enormes, asépticos, con ambiente de banco y sus cajeras tan programadas como las computadoras que sonreían al decir hi, how are you today!, quiso ver a dos visitadores médicos bien, pero bien ahogados de alcohol en una cantina, diciéndose me cae, compadrito, que yo a usted lo quiero, y no soy puto, ¿eh?, quiso ver a la esposa de un policía planchando los billetes de ínfimos sobornos, a una familia de madre gorda, marido cervecero y catorce hijos en una primera comunión, quiso entrar a buscar libros de teatro en una librería de viejo, pelearse con un agente de tránsito que exigía una mordida descomunal, leer un periódico donde se criticara al gobierno, ya no aguantaba nada de lo que había allí, y lo peor era que llegase a él tanta intolerancia cuando se hallaba con chavos que podían ser buenos amigos, que eran afines, inteligentes, con quienes se podía intentar hablar de algo que no fueran lugares comunes o recetas infalibles de buen gusto intelectual, carajo, lo que daría por ver un puesto de pepitas, a un miserable tragafuego en una esquina, a un chavo campesino que sueña con una bicicleta, ya no quería: le *urgía* regresar a México, Estados Unidos ya no le daba nada, ahora le succionaba, como vampiro, toda su vitalidad, su jovialidad, su buen humor, su ingenio, su energía, lo tenía retorciéndose como viejo neurótico que hace su escenita porque no soporta ni que vuele la mosca; quería, en lo fundamental, encontrar a Susana y acostarse con ella ni siquiera para hacer el amor sino para entrepiernarse con alguien que no tuviera pelos en las pantorrillas ni en los sobacos; necesitaba a Susana, pero ella había demostrado que era la más fuerte, la más dura, y sabría Dios dónde estaría, y con quién; en ese momento le llegó la imagen de Susana con el polaco a través de un cristal empañado y sin que se diera cuenta empezó a decir, en voz muy baja y en español: yo creo que es algo que quiere llegar a mí, como un grupo de figuras inmensas; sus cabezas se pierden en las nubes, fuertes como piedras, impasibles; lo que veo venir también es algo que parece un edificio, un edificio sin puertas, aireado, luminoso, sin ornamentaciones, la pura fuerza del edificio en sí, y no de los adornos, no hay adornos, ¿para qué, si el contenido puro es lo más bello, la forma perfecta?, veo a lo lejos una inmensa ciudad, llena de movimiento, con un mercado de kilómetros que pulula bajo el sol, veo la construcción de una casa, ladrillo a ladrillo, pero todo eso se va, qué rápido se aleja, y lo que llega no está bien, es pura desolación, un mundo sin ríos, sin árboles, con cauces secos y eterna oscuridad, frío infinitesimal, todo cubierto de nieve, infinitas extensiones de hielo bajo un sol envejecido, una ciudad devastada por bombardeos, rica en cadáveres, llena de olores corruptos, lamentaciones bajo las piedras y las cenizas, una ciudad donde ya no queda nada, más que una eterna conflagración que no cesa, y veo también, porque pendejo-pendejo no soy, que ya estoy como loquito, todos estos güeros me ven de reojo como diciendo ¿y ora qué se trae este buey?, no pos ya ni siquiera veo lo que veía, definitivamente como que esto ya valió puritita madre, ve nomás a esta runfla de semirrobots a carcajada limpia, chupando, y yo aquí de pendejo total, porque qué chingaos estoy haciendo aquí entre pura gente que sepa la chingada quién es y que habla un idioma incomprensible e insoportable y que ni siquiera se da la mano al saludarse, estimados güerejos, ¿por qué no se dan la mano, por qué tienen repugnancia a tocarse, por qué ustedes, chavas, hacen el amor sin besar en la boca, por qué no se dan un abrazo cual debe de ser?, y míralos, míralos, están pensando ¡no es posible!, ¡ya petardeó este mexicano! Eligio miró a quienes lo observaban, asintió correctamente e incluso sonrió, y después continuó diciendo, siempre en español: estos supergüeros creen que estoy loretito, y por supuesto tienen toda la razón, si no estoy loco a ver explíquenme cómo es que estoy con estos pendejos que me creen loco, sí, sí, dense cuenta de una vez, todo esto ya valió, ya tronó, el tan cacareado fin del mundo que tanto les gusta pregonar ya llegó, helo aquí, prepare to meet thy doom!, no se rían, ojetes, los grandes hechos históricos, muchachos, se van dando de individuo en individuo y yo ya llegué hasta el mismísimo fondo de la mierda. ¿Te sientes mal?, le preguntó Irene, sinceramente consternada. Cómo me voy a sentir mal, respondió Eligio, al parecer muy tranquilo y siempre en español, si todos ustedes son el puro ambiente, hombre, si yo estoy feliz aquí en Atracolandia. ¿Quieres que nos vayamos?, inquirió Irene, siempre incómoda cuando Eligio hablaba en español, con miraditas laterales y avergonzadas a sus amigos; todos guardaban silencio. Sí, hombre, replicó Eligio, en español, vámonos de aquí, mi reinoa, porque si no va a temblar la tierra y chance me lleve de corbata a dos o tres hijos de la chingada.

Afuera, Eligio vio que la plaza había oscurecido de repente, las luces públicas se habían encendido y los indios levantaban sus puestos de la banqueta. Qué indios más raros, siguió diciendo en español, qué manera tan rara de vestirse, carajo, hasta sombreros traen, carajo, aquí ni los indios son indios, ¡qué país!

Eligio se empapó de loción y vio que todo estuviera en orden. Ese día se sentía de humor espléndido, lleno de energía y con muchas ganas de ensayar, aunque la obra que montaban era bastante tediosa, pretenciosa e incoherente, pero era teatro y no *La Hora Nacional*. Corroboró que todo estaba bien, llaves en la bolsa, dinero: no mucho para contener las gorras y sablazos de los comparsas, el libreto. Se dirigió a la calle, pero cuando atravesaba la sala advirtió que alguien trataba de entrar, alguien tenía una llave y se estaba metiendo en el departamento, pero mira qué vergas son, algún ratero infeliz cree que no estoy en casa y viene a darme baje con el Preciado Miniequipo de Sonido que tantas envidias ha causado. Quienquiera que abría la puerta lo hacía con lentitud, con grandes precauciones, quizá con temor, y Eligio se arrepintió de haber tirado, tres meses antes, su preciada calibre veinticinco en los grandes basureros del Kitty Hawk. Eligio fue a la cocina, tomó un cuchillo cebollero, regresó a la sala, y se escondió. Vio finalmente cómo la puerta se abría lentamente.

Eligio se quedó con la boca abierta cuando vio que Susana era la que entraba con su propia llave, claro. Y pudo ver la conmoción en el rostro de Susana al descubrirlo a él, oloroso y vestido con cuidado, muy guapo el indio venido a más, y con un truculento cuchillo en la mano. Estuvo a punto de dar marcha atrás, pero Eligio ya había tirado el cuchillo en un sillón y allí mismo se recostó él. Cierra la puerta, pidió Eligio, y pásale, estás en tu casa. Susana sonrió débilmente, avanzó unos pasos titubeantes y de pronto su expresión se transformó cuando contempló la pequeña sala. Siéntate, mujer; no seas ranchera, cuándo llegaste, ¿eh?, supongo que hace varios meses pero andabas turisteando por alguna parte, ¿no?, canturreó Eligio advirtiendo que empezaba a ponerse tenso, y no: no quería estar tenso, se sentía perfecto antes de que ella llegara, ¿no?, tenía que platicar con Susana como seres civilizados, sin recurrir inmediatamente al descontón. Susana tomó asiento, con el rostro endurecido, alerta. Ninguna simpatía a su pobre charro, ¿eh? No, dijo Susana, llegué hoy. ¿Y tus maletas? Las dejé en el aeropuerto. ¿Y eso? Bueno, respondió Susana, primero tenía que verte, ¿no? Hombre, pues muchas gracias de que te acuerdes de los viejos camaradas, de veras te lo agradezco, Susana, ¿no quieres echarte una copiosa? Susana asintió. Había tomado asiento en la orilla de un sillón, con las piernas muy juntas y la espalda rígida. Qué guapa se ve de todos modos.

Eligio se puso en pie y sirvió dos copas de ron. Ella miraba la estancia un tanto molesta y desconcertada; la luz que entraba era la de siempre, y todo parecía igual, ah sí, pensó con un esbozo de sonrisa, allí está el equipito de sonido de Arcadia. Bueno, ahora platícame, qué has hecho, a dónde fuiste, decía Eligio. Estuve en Nueva York, respondió Susana, muy seria; formal también, sacó un cigarro y lo encendió distraídamente, como si estuviera en algún *consultorio*, pensó Eligio, quien consideraba que, claro, en realidad todo el tiempo había sabido que ella estaba en Nueva York. ¿Con quién? ¿Con el polaco? No, dijo Susana, enfática, con deseos de acabar con ese tema de una vez por todas. No seas mentirosa, pinche Susana, yo sé que ese polaco de mierda y sus cuates dizque socialistas pensaban ir a Nueva York. Susana ahogó una sombra de sonrisa cuando oyó que Eligio mencionaba al polaco. Sí, yo también sabía que irían a Nueva York, pero nunca los vi allí, para tu información, Nueva York es una ciudad *grande*, ¿eh? Guárdate tus ironías de a peso, Susana. Pues deberías oír el tonito con que tú me hablas, disparó Susana y le molestó oír lo acre de su voz. Eligio controló un acceso de ira y trató de ser paciente; se daba cuenta de que cada vez se ponía más tenso, y eso no debía ser, por ningún motivo. Bueno, no nos vamos a pelear, nada más estamos platicando, ¿no?, como gente grande... ¿Y qué hiciste en

Nueva York? No hice gran cosa, respondió Susana, no sé si sepas que Arturo tiene un departamento allá. ¿Quién es *Arturo*? Arturo *Rivera*, hombre, tú lo conoces, es pintor. Arturo Rivera vivió en Nueva York, en Manhattan, y alquiló un departamento que en realidad es un piso entero, o casi, y cuando regresó a México le dejó el departamento a una amiga suya, pintora también, y ahora ella vive allí, y también van de visita muchas gentes porque te digo que el departamento es bien grande. ¿Y allí estuviste? Sí. ¿Sola? Sí…, respondió Susana, dubitativa. ¿Esos titubeos habrán sido adrede?, se preguntó Eligio, y tomó aire. ¿Todo este tiempo lo pasaste en Nueva York? No, contestó Susana con un tono neutro; después tomé un avión de Icelandic Airlines y fui a Europa: estuve en Londres y en París. Y en Barcelona, de allí regresé. ¿Sola? Sí, *sola*, ¿qué esperabas?, dijo Susana tratando, sin lograrlo, de no exasperarse; ¿que todas las noches me acostaba con un tipo diferente? Pues sí, ¿no?, respondió Eligio mirándose las uñas. Pues *no*. Mira, no me importa lo que pienses, pero la verdad es que me quedé fastidiada de los hombres, y bueno, no te voy a negar que dos o tres veces salí con gente, pero no anduve con nadie, y no porque quisiera ser *fiel* sino porque, te digo, no estaba en condiciones de entablar una relación normal con ningún hombre. ¿Pero con una mujer sí? Eligio, por favor, mídete, no tienes idea de lo patético que resultas en tu plan de macho mexicano celoso. Ah, otra vez soy macho mexicano, ¿y qué más, eh? Eres un pobre diablo que no entiende nada, aseveró Susana, muy seria. ¿De veras? ¿Qué es lo que no entiendo? A mí no me entiendes, nunca me entendiste, y ahora menos. ¿Y qué es lo que yo tenía que entenderte? ¿Que debo de aplaudir cuando mi esposa se larga cada vez que se le da la gana? ¿Qué tengo que entender de eso? ¿Que soy un pobre tipo pendejo y repugnante al que hay que huirle como a la peste? No seas tonto, Eligio. Entonces qué, ¿te enamoraste perdidamente del polaco ese y el amor justifica todo, etcétera etcétera? Susana vio que Eligio había enrojecido de tensión, sus ojos se habían entrecerrado y parecían ensombrecidos. Eligio, no te enojes, no vayas a ponerte como la última vez, dijo. Entonces no salgas con pendejadas, tú mídete, replicó Eligio. Lo que no entiendes, dijo Susana de nuevo, es lo que no es aparente, lo que está detrás de las cosas, el misterio que es una, todo eso que existe en una y que de pronto obliga a hacer cosas que nunca se hubieran pensado. Tienes razón, maestra, no entiendo ni madres, explícamelo. No es algo fácil de explicar, Eligio, pero he pensado que cuando todo parece estar bien en realidad no lo está, como antes de que me fuera al Programa; tú actuabas como siempre y yo escribía y daba mis clases, teníamos para comer y todo, y sin embargo éramos la pura inercia, espérate, Eligio, en esos momentos es cuando se necesita un acto decisivo, una verdadera revolución para poder saber qué está pasando. ¿Y qué está pasando, Susana? Ay, Eligio, ya regresé, eso es lo que pasa, ¿no te das cuenta? Sí, cómo no, pero tú tampoco puedes negar que es difícil entender a una persona que ni siquiera se entiende a ella misma, y que el hecho de que estés aquí no garantiza que mañana vuelvas a sentir que se necesita otra revolución y te largues con el primer polaco tarado que pase. Mira, Eligio, no voy a defender a Slawomir, pero no es ningún tarado; es más, agregó Susana procurando que su voz no temblara; yo creo que tú nada más estás pensando en tu orgullo de macho, que me consideras de tu propiedad y que eres un morboso que nada más está pensando si me acosté o no con otros tipos. ¡No, carajo!, gritó Eligio, ¡tú eres la que no entiendes nada! ¿Cuál orgullo de macho? ¿Cuál orgullo?, ¿no andaba yo contigo en aquella pinchurrienta ciudad cuando todos sabían lo que había pasado con el polaco y me veían como don Pendejo? Coño, nomás de acordarme te juro que me mata el coraje. Nadie te veía como pendejo, nada más tú, porque en momentos en verdad resultabas patético… Qué bajo has caído, pinche Susana, tú eres la orgullosa, crees que todo mundo tiene que tirarse al piso como tapete para que pases, tú eres la que se mete en su propia casa llena de recelos, de resentimientos, de dureza, la que ni siquiera se atreve a decir por qué regresaste, ¡a ver, dime por qué regresaste!

Susana suspiró profundamente para aquietar la agitación, miró al suelo y dijo, muy despacio: Regresé porque ya se había terminado mi tiempo de andar de nómada, regresé porque eso era lo que tenía que hacer, y eso hice.

¿Y nada más? ¿Yo dónde encajo? Eligio, por Dios, tú eres mi marido, ésta es mi casa, por eso regresé, ¿o no es así? ¿Quieres que me vaya? Muy bien, muy bien, ésta es tu casa, pero sólo que en verdad hables claro y me expliques bien todo lo que te traías, porque no me vas a salir con esas mamadas de que te fuiste para ser tú misma, ¿si ya eres tú misma a qué chingaos regresas?, ¿a no ser otra vez?, yo te admito aquí feliz de la vida, pero si tú y yo vamos a vivir juntos otra vez será porque me vas a jurar que nunca, *nunca más*, te vas a largar de aquí como si yo no existiera, ¿me lo juras?, ándale, júralo y vas a ver que no tendremos ningún pinche pedo. Ya está, replicó Susana, ya estamos en la estúpida escenita que tanto quería evitar, ¿por qué todo tiene que ser con tanta palabrería?, ¿por qué no se puede estar juntos simplemente sin hablar tanto, tratando de establecer una comunicación profunda, menos obvia, menos banal y vulgar? Tú dirás lo que quieras, pero conmigo te jodes. Yo necesito que me digan las cosas claramente, yo sé que mucha otra gente no necesita decirse nada, pero yo no soy así, ni modo, y necesito tener todo muy claro, porque, si no, vivo con miles de ideas estúpidas en la cabeza y nomás valgo para pura chingada. Eligio, por favor, es que en verdad eres muy superficial, podrías ahorrarte muchísimo de lo que dices. ¡No me vengas con mamadas, pinche Susana! ¿De cuándo acá se ofenden tus exquisitos oídos? Tú estás sacándole al parche, ¿ves?, y no me contestas, ¿me juras que nunca más te vas a largar sin decirme nada? Susana no respondió. Eligio esperó un poco antes de insistir. Comprende que si no me *especificas* muy clarito que ya no vas a salir con tus mamadas yo no puedo estar en paz, porque es verdaderamente *feo* que llegue a la casa feliz porque quiero compartir contigo algo importante, como, por ejemplo, que ya empezó a nevar, y tú ya te hayas ido. ¡Qué a toda madre! Susana continuó sin emitir ninguna palabra. Se hallaba pálida, demudada. Bueno, dijo finalmente, si tanto insistes abriremos las compuertas del melodrama, ay Dios, qué estúpido es todo esto. ¿De qué estás hablando, carajo? Habla bien que no estás con tus amigos intelectuales. Estoy hablando de que voy a tener un hijo. ¿Un hijo?, exclamó Eligio, ¿vas a tener un hijo? Sí, respondió Susana. ¿Estás segura? Sí, sí, estoy segura. ¿Estás *segurísima*, ya te hicieron análisis y todo? Sí, Eligio, allá en Barcelona me hicieron todas las pruebas y no hay duda del embarazo, sí voy a tener un hijo, te juro que pensé abortarlo, pero nomás no podía ser, realmente me he dado cuenta de que me gustaría tener ese bebé, pero no creas, añadió Susana con voz muy firme, que regresé contigo porque voy a tener al niño, desde antes ya sabía que tenía que regresar, desde que te dejé allá en la nieve supe que tarde o temprano regresaría contigo, pero, claro, saber que estaba embarazada precipitó las cosas, de no haber estado embarazada quizá me habría tardado otros meses, o no sé cuánto, pero hubiera regresado, Eligio, yo también sé que contigo me tocó, y creo que para siempre. Espérate, Susana, espérate, todo eso es muy importante y quiero que después me lo repitas muy des-pa-ci-to, pero ahora dime de quién es ese hijo que vas a tener, ¿es mío? Ay Dios, Eligio, ¿por qué tenemos que estar diciendo todo esto?, es un horror toda esta corintelladez, ¿no te das cuenta? Susana, no mames, otra vez te sales por la tangente, ¿de quién es ese niño? Claro que es tuyo, Eligio, ¿de quién si no? Ay, hija de la rechingada, me dan ganas de agarrarte a cabronazos, ¿cómo de quién puede ser? Del *polaco*, tarada, o de cualquier otro hijo de puta que hayas conocido. Te digo que no, respondió Susana, tratando de controlar la impaciencia, pero si no crees que es hijo tuyo pues no es tuyo y punto final, me largo a tener mi hijo y aquí no pasó nada, pero qué equivocación más terrible, Eligio, te vas a arrepentir todos los días de tu vida. Susana dijo esto con tal severidad que Eligio se estremeció y se diluyó la ira que lo empezaba a anegar. Bueno, agregó con más calma, explícame bien cómo está la cosa, Susana, porque creo que hasta tú te das cuenta de que todo esto no es algo de todos los días. Mira, es más, si el chavo no es mío, añadió, incómodo, yo después me serenaré y admitiré que vivamos con el chamaco, pero ahorita mismo me vas a decir por qué ese niño es mío. Porque sí es. Pero cómo lo sabes, no me vayas a salir con que tu relación con el pinche polaco fue *platónica*, porque, ay pinche Susana, yo te vi *cogiendo* con ese animal. Sí, ya sé, replicó Susana, muy fría; ésa es una de las peores cosas que me han pasado en la vida, ¿por qué me fuiste a espiar, Eligio? Fue horrible, te juro que no

221

puedo quitarme de la cabeza que tú querías verme hacer el amor con otros hombres, y no es que me asuste la idea, pero es que entre tú y yo eso no encajaba, ¿no crees?, porque nunca lo hablamos, y tú y yo, Eligio, siempre nos hemos dicho todo, o casi todo, ¿por qué me estabas espiando? ¡Yo no te estaba espiando, con un carajo!, protestó Eligio, airado; pinche Susana, te fui a buscar para que regresaras conmigo, chance me aceleré con el numerito de que iba a matar al polaco y hasta yo mismo me lo creí, pero fui a buscarte, ¿a poco no te dabas cuenta? ¿Pero por qué me estabas espiando? ¡No te estaba espiando, de veras! Andaba tratando de averiguar en qué cuarto estabas para ir por ti, y sí, he pensado muchísimo que debí hacer mis averiguaciones en la administración de ese pinche gallinero, pero allí andaban los otros dos tarados dizque socialistas, y yo no quería que fueran con el chisme de que yo andaba ahí, para que no te fueras a escapar, ¿ves?, y no sé, todo esto es muy raro, ya antes había tenido un sueño que… bueno, el caso es que de pronto me asomé a esa ventana, ya antes me había asomado en otras, porque yo sólo quería saber en qué cuarto estabas sin tener que preguntarlo, ¿no?, y de repente te vi, y bueno… déjame decirte que… sentí algo de lo más impresionante, algo me paralizó y no me dejaba moverme, te juro que era como en esos sueños horrendos en los que te quieres *mover* y nomás no puedes, por más esfuerzos que haces, pero yo no te fui a espiar, no, señor, no andaba de mirón, no me estaba haciendo una chaqueta mientras tú te revolcabas con ese desgraciado… ¿Y cómo fue ese sueño que tuviste antes, Eligio? Te juro que igual, igualito, sólo que sin nieve, pero hasta el buey con el que estabas era casi el mismo, y bueno, no era igual-igual, pero en esencia sí, qué horrible sueño. ¿Cuándo fue eso? ¿Qué, el sueño? No sé, ah sí, el día en que salí de México a Estados Unidos.

Susana alzó la mirada, al parecer unas veladuras se habían corrido de su rostro, y en ese momento parecía sinceramente consternada, sin dejar de mirar a Eligio. Éste se hallaba muy inquieto, muy nervioso, se había puesto en pie y no podía quedarse en un solo lugar. ¡Carajo, Susana!, exclamó por último, ¡no me digas que no sabías que yo iba a irte a buscar, porque, si no, sería *gravísimo,* ¿o no, o no? Bueno, sí, admitió Susana, bajando la vista de nuevo: algo seguía sin estar bien y eso lo incomodaba profundamente; pero tú estabas jugando, decía Eligio, algo así como al gato y el ratón, sabías que tenías un poder sobre mí y estabas feliz utilizándolo, utilizándome, y no me digas que no, bueno, quizá haya algo de eso, mi amor, pero las cosas no son tan fáciles, no, no son tan fáciles, no es tan fácil asegurar con la máxima cara dura que el chavo que vas a tener es mío cuando en esa misma época también te acostaste con más gente. Nada más con el polaco. Apuesto que también con más gente, digamos que para ser tú necesitabas irte a la cama con otros hombres. No seas estúpido, Eligio, por favor, nunca pensé que necesitara acostarme con otros hombres, eso lo podría hacer sin irme de México, viviendo contigo y sin que te enteraras de nada, es facilísimo, ¿no?, todo mundo lo sabe, bueno, ¡está bien!, te voy a decir por qué el hijo es tuyo, ¿por qué?, porque allá en el Programa, la noche que llegaste, dijiste que tuviéramos un hijo, sí, y a ti te pareció la peor onda del mundo, sí, sí es cierto, pero después lo pensé, ¿no?, y sentí que de veras estaban saliendo las cosas bien, y que en realidad yo nunca había pensado bien, a fondo, en tener un hijo, y de repente pensé que estaba bien, es más: me vino una necesidad incontrolable, y entonces me fui a ver un ginecólogo para que me quitara la espiral, así es que la mayoría de veces que hicimos el amor fue sin ningún anticonceptivo, y por eso el hijo es tuyo, estúpido, ¿sí?, pero después qué, ¿no te volviste a acostar con el polaco?, sí, Eligio, pero el bebé no es de él, pero cómo sabes, yo lo sé y eso basta, escúchame, Eligio, te estoy diciendo que ese bebé es *tuyo*, estoy segurísima, y si no me crees te juro que en este mismo instante me largo de aquí y no te vuelvo a ver *jamás*, no mamenaces, Susana, te juro que en este momento me estás cayendo de lo más gorda y no te agarro a chingadazos porque Dios es grande, ¡eso quisieras, verdad!, ¡agarrarme a golpes! ¡Crees que por la fuerza se arregla todo! ¡Pero estás loco! Óyeme bien también esto: ¡Si alguna vez te atreves a ponerme una mano encima te juro que te vas a arrepentir, te vas a *arrepentir*!

Eligio se sobresaltó al ver a Susana tan exaltada; en verdad muy pocas veces la había visto así. Ya ya, bájale de volumen, pidió, impaciente; yo jamás te he pegado. ¡Pero no soltabas esa maldita pistola!, ¡te sentías Benjamín Argumedo o qué sé yo!, andabas *feliz* con tu numerito de mexicano muy macho, ¿no?, ¿crees que no vi cuando compraste la pistola? Eligio, me sacaste a punta de pistola, de los cabellos, ¡eso no se me olvida!, ¿y cómo querías que te sacara?, ¿entre aplausos?, ¿con una alfombra de flores?, ¡carajo!, bueno, está bien, Eligio, pero escucha esto: ese hijo es tuyo, ay Eligio, lo he pensado mucho y *estoy segura* de que es *tuyo*, algo me lo dice con *tanta* claridad que no lo puedo dudar, ¡te digo que es tuyo y de nadie más! Bueno ya, ¡ya!, a fin de cuentas ya sabes que yo soy El Abnegado Padre Mexicano, el Cabecita Blanca Por Excelencia, ya te dije que no hay pedo si el chavo no es mío si tú y yo estamos bien, además hay una forma *facilísima* de saber de quién es ese chavo. Si sale güerito y lleno de pecas y todo velloso de plano no es tuyo, ¿verdad? ¡Claro!, exclamó Eligio, así es que más te vale que escupas un gorilita prieto y aindiado, o, si no, si te sale blanco, que se parezca mucho a ti y que no tenga aire de Europeo Oriental o del *cono sur* porque entonces se te arma el desmadre del siglo, y no porque el chavo no sea mío, sino porque me mentiste en este momento sagrado con toda premeditación, alevosía y etcétera.

Eligio descubrió, sorprendido, que estaba sonriendo; se hallaba tenso y excitado, pero se sentía fuerte y dueño de sí mismo. Advirtió que Susana ya no se hallaba tiesa en el borde del sillón, sino que se había recargado, se pasaba la mano por la cabeza, suspiraba. ¿Me sirves otro ron?, pidió, y Eligio asintió y fue por la botella, mírala nomás, ahora hasta se echa un trago conmigo, ¡qué país! Le sorprendía la claridad que había en el cuarto. Su percepción se había afinado a tal punto que veía todo con una nitidez extraordinaria, la franja de luz oblicua que alcanzaba a entrar en verdad parecía reverberar, y Susana, ay pinche Susana, parecía tan hermosa allí en el sillón. ¿Y tú no te sirves?, preguntó ella. No, respondió Eligio viendo la botella, ya se me quitaron las ganas. ¿Me crees que chupo mucho menos? Ahora soy la botana de los cuates, dicen que me eché a perder en Gringolandia. ¿Sí?, pues allá bebías como cosaco. Eligio, ¿sabes qué?, de repente me di cuenta de que todo había vuelto a la misma rutina de siempre, tú ya no te la pasabas emborrachándote y carcajeándote con tus amigos actores, sino emborrachándote y carcajeándote con tus amigos *escritores*, otra vez los ensayos y la bebedera y los chistes, qué horror, ¿eh? ¿Y por esto te fuiste la segunda vez, mi vida? No, no fue exactamente por eso, yo, no sé, tenía que saldar cuentas, terminar en verdad todo con Slawomir, todo eso se había quedado en el aire y yo no me lo podía quitar de la cabeza. Pero por qué, Susana, ¿te enamoraste tan feo de él?, preguntó Eligio nuevamente nervioso y encendiendo un cigarro. No, no se trata de eso, ¿me pasas un cigarrito? Claro. Era más complejo, mi amor, realmente nunca lo quise, sino que era, cómo decirte, un enigma, un acertijo que yo tenía que resolver. Pero, ¿por qué tú? Porque a mí me tocó, te juro que yo no fui a aventármele a este tipo, además no era ninguna perita en dulce, Eligio, en verdad, yo misma estaba muy desconcertada, sólo con el tiempo logré tener un poco de claridad... ¿Por qué, qué pensaste? No sé, es difícil de explicar, yo creí que era algo así como una prueba, pero ya no hablemos de nada de eso, Eligio, por favor. Está bien, pero otro día, tranquilones, volvemos al punto porque, ya sabes, mientras más claras tenga las cosas es mejor para mí, de veras no puedo andar como buceando entre laberintos, perdido en el bosque, viendo con las manos y no con los ojos. Nada más óyeme una cosa, Susana, y si estás de acuerdo te juro que, como dijo san Juan de la Cruz, tú y yo la vamos a pasar requetebién hasta el fin de nuestros días. ¿Qué cosa?, preguntó ella, incorporándose, nuevamente alerta. Mira, Sana, allá en Arcadia te dije que había ido por ti porque te quiero, porque desde que te conocí estuve bien pero bien seguro de que tú eras la *única* mujer que me correspondía, y por eso siempre supe que iba a luchar por ti, pasara lo que pasara, pues ahora escúchame bien, maestra, precisamente porque estoy luchando *por ti* me vas a dar un gustito y, si no, te vas a la mierda y tienes tu hijo en un bote de la basura y aunque yo termine mi vida amargado y odiando a todos me vale madre, porque tú no puedes regresar a *tu* casa, con *tu* marido como si no hubiera pasado nada, qué fácil es decir soy tuya, ¿no? ¿Pero qué dices, de qué estás hablando?, preguntó Susana, ansiosa, ¿qué es lo que quieres? Una cosa bien facilita y tú no te vas a negar. Pero antes dime, porque es muy importante y realmente no me lo has respondido, ¿por qué regresaste, Susana? ¡Maldita sea, Eligio, no seas molesto! ¡Dime de una vez qué demonios quieres! Tú quieres que me acueste con otros hombres, ¿no es así?, concluyó Susana porque en verdad esa idea le llegó, fulminante, a la cabeza. ¡Que no! ¡Carajo, qué bruta eres, me cae que rebuznas! ¡No quiero que te acuestes con nadie más que conmigo, yo en eso, chava, soy a la antigüita y no entiendo esas cosas tan *modernas*! ¿Entonces qué quieres?, preguntó Susana, desconcertada, fumando rabiosamente otro cigarro. Por Dios, Eligio, dime ya, cómo la haces de emoción. Qué bruta eres, repitió Eligio, casi para sí mismo, te debería dar un cachetadón, carajo. ¡Eligio, dime *ya*! Mira, lo que yo quiero es, como se dice, algo así como una satisfacción. ¿Cómo una *satisfacción*?, preguntó Susana, palideciendo, ¿vas a querer que me ponga de rodillas y te pida perdón?, ¡estás loco! No, estoy más loco de lo que crees, pero, mira, entiende que no rehúyo la parte de responsabilidad que he tenido en todo esto, aunque, aquí entre nos, en este momento no estoy muy seguro cuál es, pero dame unos días y lo estaré, y actuaré en consecuencia, porque a mí me gusta aprovechar las experiencias y corregir los errores, ¡hombre, ésa fue la gran lección que me dio mi maestro Carlos Ancira! Eligio, habla claro, te juro que estás incoherente y nada más me pones nerviosa, dijo Susana porque en verdad la exasperaba ver a Eligio de un lado a otro, con una sonrisa diabólica y los ojos más brillantes que una llamarada; lo sabía lleno de una fuerza que rebasaba toda cuestión física, y eso no podía vaticinar nada bueno. Te estoy diciendo que admito *parte* de la responsabilidad, pero estoy seguro de que tú también tienes que asumir tu propia responsabilidad, no te portaste como una niña buena, maestra, te portaste como verdadera cabrona, por una parte, y como escuincla que se escapa de su casa, pero con la diferencia de que ya no eres la nena de papá, yo soy tu esposo y me parece lo más normal del mundo que tú te portes como esposa, como mujer adulta y no como chavita que no sabe ni quién es ni qué quiere; en pocas y efímeras palabras: que no te hagas pendeja, Susana. ¡Ya, Eligio, por Dios, qué manera de andarse por las ramas! ¡Qué exasperante eres, caray! Lo que te quiero decir es que tú también tienes que admitir que lo que hiciste no está bien, porque no lo hiciste limpiamente, y lo que necesitas es un *castigo*, nada más para dejar bien establecidas las cosas y para que podamos respirar normalmente de ahora en adelante sin tener la estúpida idea de que algo no se arregló como debería en el momento en que hacía falta y que tú necesitas una revolucioncilla para rearreglar todo. ¿Cómo un castigo?, ¿qué castigo?, ¿qué te pasa, Eligio?, ¡no me vayas a salir con una incoherencia porque te juro que echas a perder todo, *todo*! Quiero que reconozcas que mereces un castigo, tú admítelo y no hay problema. ¿Pero por qué me castigas, porque me fui de la casa sin decirte nada, porque me acosté con otras gentes? Eligio, ¿crees que todos estos meses yo andaba cantando «La vida en rosa»?, ¿crees que las cosas han sido fáciles para mí?, yo también he pagado ya mis tributos de humillación, de asco de mí misma, ¡mentira, pinche Susana!, tú en el fondo sigues creyendo que todo lo que hiciste fue perfecto, y que puedes volverlo a hacer, nomás para ver cómo reacciona el changuito, Susana, tú ni siquiera me has dicho por qué regresaste, ¡no seas molesto, Eligio, eso ya te lo respondí miles de veces!, mejor tú dime qué te traes entre manos, porque ahora sí te juro que te desconozco, se me vienen a la cabeza las cosas más absurdas, ¡y habla claro! Oquéi, Susana, ahí te va: te voy a dar unas nalgadas. ¡Vete al demonio!, ¡no estás en una película de John Wayne! Claro que no, te voy a dar unas nalgadas de lo más tranquilo, sin ningún paternalismo, mírame nomás, salucita, mi amor, bueno, Susana, te voy a dar tus nalgadas ahora mismo y tú no vas a hacerla de pedo, ¡te digo que estás loco!, repitió Susana, poniéndose en pie y mirando la puerta, ¡quién sabe qué estupideces se te metieron, te has vuelto un morboso, y un hipócrita porque no admites que eso eres, un morboso horrible, y además quieres que te lo festeje, que te lo *agradezca*, qué bien te las arreglas!, mira, Susana, no hagas teorías pendejas porque eso sí me da coraje y no quiero darte tus nalgadas enojado, así no funcionan las cosas, precisó Eligio poniéndose en pie, ¡ven acá!, ordenó, ¡estás loco!, repitió Susana retrocediendo, lamento muchísimo que por mi culpa hayas pescado esas costumbres, pero ni creas que voy a participar de tus jueguitos, ¡así no!, Susana, tú eres la morbosa, puras proyeccionazas, ¿eh?, así es que ven acá o voy por ti. Susana había retrocedido hasta la puerta, y palideció porque en fracciones de segundo Eligio había tomado el cuchillo cebollero y lo lanzó violentamente a la puerta, a centímetros de la cabeza de Susana, mientras decía ¡quieta ahí!, y después, para sí mismo, ¡qué tino me traigo!, y se acercaba calmosamente a ella, con una sonrisa gozosa y ojos fulgurantes, ¡por la fuerza no, Eligio, eso es lo que más detesto!, ¡no tienes idea de cómo *te odié* cuando llegaste a Chicago pistola en mano queriendo arreglar todo como en los corridos! Eligio ya se hallaba junto a ella, mirándola con malicia. Dime por qué regresaste, entonces, y no hay madriza. ¡Vete al demonio! Susana, no olvides que las nalgadas van a ser porque te sigues negando, a estas alturas, a responder lo que te pregunto, ¡dime por qué regresaste!, ¡estás *mal*, Eligio, quítate de aquí o empiezo a dar de gritos!, grita todo lo que quieras, avisó Eligio prendiéndola del brazo. Susana lanzó una ráfaga de golpes y puntapiés y con todas sus fuerzas trató de desprenderse, y Eligio la jalaba hacia el sofá cuando ella le propinó un rodillazo en los testículos, pero aunque él palideció y se contrajo con un alarido de dolor no soltó el brazo, al contrario, lo oprimió rabiosamente, ¡auxilio!, gritaba Susana, ¡sálvenme de este bruto que me quiere matar, me quiere matar!, a grito pelado, mientras tiraba golpes y Eligio poco a poco la arrastraba, grita todo lo que quieras, decía, y se desplomó en el sofá; Susana cayó encima de él, tirando puñetazos, rodillazos y puntapiés, pero Eligio la acomodó sobre las rodillas, ¡desgraciado, miserable, sexista, estúpido, te odio, te odio!, rugía ella, pero Eligio, imperturbable, pudo alzarle el vestido, qué suerte que no se puso pantalones, incluso llegó a pensar, y con detenimiento y muchos esfuerzos logró bajarle las pantaletas, hasta que frente a él quedaron las nalgas desnudas, muy blancas, de Susana, quien se debatía y bramaba insultos; afuera había gente, seguramente atraída por el escándalo y en segundos Susana vio que unas caras aparecían, eran rostros morenos, de pelo lacio, que, sonrientes, procuraban no perder detalle, ¿había un niño chimuelo allí?, ¡sálvenme, ayúdenme, llamen a la policía, llamen a la *policía*!, gritó, y Eligio soltó la primera nalgada, fuerte y estentórea, y sintió que la palma de su mano se incendiaba, ya, ya, dijo, no hagas tanto escándalo, si esto no es nada del otro mundo, ¡te odio!, vociferaba Susana, ¡después de esto nunca más me volverás a ver y me voy a vengar, cuídate porque me voy a vengar!, ya, ya, reiteró Eligio, no te olvides que el actor soy yo, no te dejes ir tan feo, te tiras a matar, decía Eligio, paciente, mientras nuevos golpes estallaban en las nalgas de Susana, que habían enrojecido vivamente, la carne se había contraído hasta el rojo más intenso. Susana dejó de gritar cuando sintió que ya tenía desgarrada la garganta de tanto alarido, y la gente que se hallaba en la ventana reía pero no hacía nada, ¿estaban haciendo apuestas?, era terrible que ya no sintiera los golpes, sólo escuchaba, magnificados, como explosiones, cada golpe que Eligio le propinaba y con cada golpe lo que ocurría era que todo se elevaba, todo se confundía en una oscuridad que hervía, los golpes la habían llevado a un límite y Susana, ya en la otra zona, veía imágenes del polaco Slawomir que crecían como salidas de la tierra, agujeros oscuros llenos de raíces húmedas y colgantes, tierra negra, profunda, de donde surgía el torso del polaco, pero su cara no tenía ojos, más bien sí los tenía pero negros, no había nada allí, el polaco era ciego, ctónico, lleno de tierra y pequeñas raíces blancas, viscosas, que le crecían de los cabellos, y Susana descubría, hasta donde se lo permitían las extrañas explosiones que se escuchaban lejos, muy lejos, que el polaco siempre había sido definitivamente rudo con ella, ningún beso, ninguna caricia, ninguna ternura, en ocasiones incluso la había empujado a la pared como trapo viejo y ella no sólo lo permitía sino que en el fondo le fascinaba, le proporcionaba un placer tan rojo que todo se ensombrecía, y sí, una vez le dio un golpe, le soltó un puñetazo que la proyectó de la cama a la alfombra como si fuera pelota, Susana abrió los ojos y le pareció ver que uno de los mirones trataba de sacarse un pedazo de carne de entre los dientes, y de nuevo advirtió que Eligio la seguía nalgueando, sus nalgas eran un brasero encendido, el fuego mismo, más allá del dolor, y las palmadas seguían cayendo con un patrón fijo, ni rápidas ni espaciadas. Eligio suspendió brevemente los golpes y se sopló la mano, que igualmente había enrojecido al máximo, se había insensibilizado, otro objeto incandescente, y Susana oyó que Eligio de nuevo le preguntaba con una infinita dulzura: dime por qué regresaste, Susana, pero qué quieres que te diga, mi vida, respondió ella, con la voz apagada, su voz también muy lejana, inmóvil ya sobre las piernas de Eligio, dime qué quieres que te diga y te lo digo, óyeme, si yo sólo quiero que me contestes por qué regresaste conmigo, ¿porque vas a tener un hijo mío?, mira que ésa es una respuesta bien válida, al menos para mí, continuó diciendo Eligio mientras reiniciaba las nalgadas, ¿cuántas le había dado ya? Susana continuaba hundida en una oscuridad efervescente, en una negrura de ribetes encarnados, con un calor tan intolerable que la hacía ver todo con una nitidez terrible: las gentes que se empujaban, en la ventana, pero se hallaban lejos, o había algo entre ellos, una barrera, no: una membrana, el polaco Slawomir con los ojos apagados, el poeta ciego, ese polaco era el hombre más oscuro, más verdaderamente negro que había visto, y de súbito se volvió hacia arriba, hacia atrás y vio el rostro de Eligio: una expresión seria, profunda, concentrada, atenta, pero a la vez traslúcida, ése es Eligio, pensó; al fin renacía en lo más profundo de sí misma el rostro de su marido, un rostro nítido, transparente, todo se veía a través de él, y siempre había sido así, era el rostro, claro, del hombre que amaba, el único hombre a quien en verdad había amado, aunque sólo hasta ese momento lo supiera en su esencia más desnuda, y claro, sabía perfectamente qué quería Eligio que ella respondiera, era tan sencillo y sin embargo jamás, hasta ese momento, lo hubiera sabido. Mi amor, dijo de pronto Susana, y Eligio se quedó muy quieto. ¿Sí?, preguntó. Ya sé qué quieres que te conteste. ¿Qué? ¿Me lo preguntas otra vez? ¿Por qué regresaste conmigo? Porque te quiero, Eligio, te quiero. ¿De verdad?, preguntó Eligio acariciando suavemente las nalgas enrojecidas. Te quiero, respondió ella, incorporándose para quedar cara a cara con él. Yo también te quiero, Susana, añadió Eligio, radiante, te quiero con toda mi alma.